Der Tod trug eine Maske

Juergen von Rehberg

Der Tod trug eine Maske

Bibliografische Information der Deutschen National-bibliothek:
Die Deutsche Nationalbibliothek verzeichnet diese Publikation in der Deutschen Nationalbibliografie; detaillierte bibliografische Daten sind im Internet über http://dnb.dnb.de abrufbar.

Herstellung und Verlag: BoD – Books on Demand, Norderstedt

ISBN: 978-3-7597-4952-9

Nacktes Entsetzen lag über einem Stadtteil Hamburgs, als diese Meldung erschien. Von BILD bis TAZ, bis hin zu kleinen regionalen Tageszeitungen, gab es nur einen Aufmacher:

Alsterdorf: *Überfall auf Pastor-Ehepaar. Ehefrau tot, Pastor schwer verletzt.*

Im LKA herrschte heller Aufruhr. Der Landesbischof, Dr. Wilhelm Abel, hatte den Innensenator kontaktiert, und dieser hatte die Agenda an den Leiter des LKA, weitergereicht.

Horst Diemer, Leitender Kriminaldirektor und Chef beim LKA, setzte seinen besten Mann auf das Verbrechen an, mit der Auflage, den Fall schnellstmöglich zu lösen.

Der „beste Mann" war in diesem Fall Kriminalhauptkommissarin Klara Ludkowitz, die mit vollem Namen eigentlich Henriette, Wilhelmine, Klara von Ludkowitz, heißt, und Nachkomme eines alten preußischen Adelsgeschlechts ist.

Das hindert sie jedoch nicht daran, sich während ihrer Ermittlungen irgendwelchen Personen gegenüber als „Klara Ludkowitz" auszuweisen, denn wohl jeder schaut bei Vorlage ihres Dienstausweises gezielt auf die Fotografie und weniger auf den Namen.

Ihr zur Seite standen Dirk Carstens, Kriminaloberkommissar und nahezu im selben Alter wie Klara, sowie der frisch gebackene Kriminalkommissar Heiko Stoever, 31 Jahre alt.

Oberstaatsanwalt Dr. Ambros Waldenberger hatte KHK Ludkowitz zu sich gebeten.

„Waldi", wie er in beim LKA wenig respektvoll genannt wurde, war ein typischer Protegé. Der Bruder seines Vaters war Senator der Stadt Hamburg und somit eine Person mit großem Einfluss.

„Bitte, nehmen sie Platz, Frau von Ludkowitz!"

Es war nicht die erste Begegnung zwischen Klara und dem Oberstaatsanwalt, und Klara hatte den kleinen Mann schon mehrmals gebeten, das Adelsprädikat bei Nennung ihres Namens wegzulassen; aber ohne Erfolg. Und irgendwann hatte sie es dann aufgegeben.

Die Erscheinung ihres Gegenübers hatte schon beinahe skurrile Züge. Waldi, ein Mann von maximal ein Meter fünfundsechzig Körpergröße, thronte hinter einem Schreibtisch von opulentem Ausmaß.

„Ich nehme an, es geht um den Überfall auf den Pastor", sagte Klara und setzte sich nieder.

„Tee oder Kaffee, verehrte Frau Hauptkommissarin?"

Die honigsüße Art des Oberstaatsanwalts missfiel Klara ebenso sehr wie das Gendern. Sie betrachtete sich als „Frau Kommissar", ohne das Anhängsel „in".

„Weder noch, Herr Oberstaatsanwalt", erwiderte Klara und fügte hinzu:

„Lassen Sie uns direkt zur Sache kommen; ich habe nur sehr wenig Zeit.“

Der Ablehnung von Klara stand die Bewunderung des Oberstaatsanwalts gegenüber, welcher der Bitte von Klara jetzt nachkam und sein Anliegen vorbrachte.

„Ich nehme an, Ihr Chef, Direktor Diemer, hat sie schon umfänglich darüber in Kenntnis gesetzt, wie heikel dieser spezielle Fall ist.“

Hier machte der Oberstaatsanwalt eine kurze Pause, um dem Gesagten eine gewisse Bedeutung zukommen zu lassen.

Als sich Klara völlig unbeeindruckt davon zeigte, fuhr der Oberstaatsanwalt fort:

„Sowohl Kirche als auch Staat erwarten, dass die Untersuchung dieses abscheulichen Verbrechens mit äußerster Vorsicht und der gebotenen Diskretion vonstattengehen muss.“

„Ich werde mit meinem Team genau das machen, was notwendig sein wird, um den Fall zu lösen. Und wenn es sein muss, auch mit der Brechstange. Glacéhandschuhe sind hierbei nur hinderlich.

Wenn Ihnen das jedoch nicht zusagt, dann müssen Sie den Fall an jemand anderen übertragen. Es gibt noch genügend Fälle, die bearbeitet werden wollen.“

Der Oberstaatsanwalt sah Klara mit erstaunten Augen an. Empörung über die heftige Reaktion vermischte sich mit Bewunderung für das resolute Auftreten der Frau, die ihm gegenübersaß und ihm Paroli geboten hatte.

„Ich will Ihnen auf gar keinen Fall vorschreiben, wie Sie Ihre Ermittlungen führen sollen, verehrte Frau von Ludkowitz. Ich gebe nur weiter, was mir von höherer Stelle aufgetragen wurde. Ich stehe selbstverständlich voll hinter Ihnen.

Fiat justita, ruat caelum!"[1]

Als Klara darauf erwiderte *"Ita sit!"[2]*, bekam Dr. Ambros Waldenberger fast feuchte Augen. Es kam in seinem Leben nicht oft vor, dass eine verwandte Seele sich auf ihn einließ, und dazu noch eine Frau.

„Ich danke Ihnen sehr, meine Liebe, und ich wünsche Ihnen viel Erfolg bei der Jagd. Und was immer Sie brauchen, zögern Sie nicht, mich zu kontaktieren."

„Das werde ich tun, mein Lieber, und Dank auch Ihnen für die Unterstützung."

Als Klara kurz darauf den Oberstaatsanwalt verließ, hatte sie fast ein schlechtes Gewissen. Der Mann,

---

[1] *Der Gerechtigkeit soll Genüge geleistet werden und wenn der Himmel einstürzt!*
[2] *So sei es!*

den sie gerade seiner eigenen Lächerlichkeit preisgab, und der das noch nicht einmal bemerkte, tat ihr leid.

Aber jetzt galt es erst einmal, einen schwierigen Fall zu lösen. Und dass es da wohl einige Hürden zu überwinden geben würde, war offensichtlich.

*****

„Was hat er gewollt, der liebe Waldi?"

Klara sah in das grinsende Gesicht ihres jungen Kollegen und antwortete mit steinerner Mine:

„Sie glauben wohl, weil Sie die Prüfung zum Kommissar mit Ach und Krach geschafft haben, können nun Sie im Chor der Erwachsenen mitsingen.

Da irren Sie sich aber gewaltig, verehrter Kollege Stoever. Gemessen an Oberstaatsanwalt Dr. Waldenberger, sind Sie ein ganz kleines Lichtlein.

Und schreiben Sie sich eines fest hinter die Ohren: In meiner Gegenwart werden Sie jedem Menschen, dem sie begegnen, Respekt zollen, ganz egal, ob es sich hierbei um einen Oberstaatsanwalt oder um einen Bettler auf der Straße handelt.

Haben wir uns da klar verstanden oder soll ich es Ihnen aufschreiben?"

KK Heiko Stoever war zusammengezuckt. Er starrte seine Chefin ungläubig an, und dann wanderte sein Blick Hilfe suchend zu KOK Carstens.

Und als er in Carstens Gesicht nur ein mildes Lächeln vorfand, begann Heiko Stoever zu schwitzen. Sein Blick wanderte wieder zurück zu seiner Vorgesetzten.

„Ich warte noch immer auf Ihre Antwort, Kollege Stoever, oder soll ich meine Frage noch einmal wiederholen?"

Der Ton von KHK Ludkowitz hatte deutlich an Schärfe zugenommen.

„Nein, nein, Frau Hauptkommissar", erwiderte der junge Kommissar eilig, dem sämtliche Farbe aus dem Gesicht gewichen war, *„ich habe Ihre Frage verstanden."*

„Dann fehlt ja nur noch die Antwort; nicht wahr?"

Dirk Carstens hatte die Szene mit einem gewissen Amüsement beobachtet. So sehr er Klara schätzte, so wenig mochte er den jungen Kollegen und dessen nicht zu übersehende Arroganz.

Er bewunderte Klara, die, ihrer adeligen Provenienz verpflichtet, einem Springinsfeld klar dessen Grenzen aufgezeigt hatte.

„Ich habe es verstanden, Frau Hauptkommissar, und ich verspreche Ihnen, dass es nicht mehr vorkommen wird."

Jedes dieser Worte hatte große Mühe über Heiko Stoevers Lippen zu kommen. Und aus seinem Gesicht war das Grinsen einer tiefen Traurigkeit gewichen.

„Das wollte ich hören, Kollege Stoever", erwiderte Klara, *„und damit ist das Thema vom Tisch."*

Sie wandte sich an KOK Carstens und sagte:

„Kommst du bitte, Dirk; wir beide machen noch einmal eine Tatortbegehung. Aber vorher machen wir noch einen kurzen Sprung zu Dr. Höflein. Und Sie, Kollege Stoever, machen Recherche. Ich möchte alles über das Pastoren-Ehepaar wissen."

KK Stoever sah Klara enttäuscht an und fragte:

„Über welchen Zeitraum, Frau Hauptkommissar? Und wo soll ich suchen?"

Der junge Kommissar hätte viel lieber seine Chefin begleitet.

„Von Geburt an bis zum heutigen Tag, Kollege Stoever", antwortete Klara, *„und suchen Sie in allen Social Media - Kanälen. Sie müssten sich doch auskennen, als Mitglied einer Generation, die nicht mehr weiß, was eine Schreibmaschine ist."*

*****

Dr. Walter Höflein war etwa im selben Alter wie Klara und Dirk. Aber trotz der langjährigen Zusammenarbeit der drei Kollegen hatten es Klara und der Gerichtsmediziner nie bis zu einem vertrauten „DU" geschafft.

Im Gegensatz dazu Dirk und der Medizinmann. Sie schafften es sogar gelegentlich, sich auf ein Bier zu verabreden.

„Hast du schon ein paar Fakten für uns?", fragte Dirk, nachdem sie das Refugium des Mediziners betreten hatten.

„Küss die Hand, verehrte Frau von Ludkowitz, servus Dirk!"

Dr. Höflein hatte sich über all die Jahre nie davon abbringen lassen, Klara mit ihrem korrekten Namen anzusprechen. Vermutlich lag es daran, dass er ursprünglich aus Österreich kam, und ebenfalls einem Adelsgeschlecht entstammte.

Er hatte sich in jungen Jahren in eine Deutsche verliebt und war ihr nach Hamburg gefolgt. Dort hatte er auch geheiratet und den Namen der Braut angenommen.

Klara hatte irgendwann ihren Widerstand aufgegeben und inzwischen liebte sie es sogar, so von dem Mediziner angesprochen zu werden.

„Es ist immer wieder schön, Sie zu treffen, lieber Doktor, auch Ihnen einen wunderschönen, guten Tag!"

Dirk genoss das immer wiederkehrende Prozedere der Begrüßung. Es war von Harmonie und gegenseitigem Respekt geprägt, und es spiegelte den feinen Charakter der Beteiligten wider.

Dr. Höflein holte den Leichnam von Gerda Helmstädter aus dem Kühlfach und zog das Abdecktuch vom Körper der Toten.

Dann deutete er auf das Einschussloch im Bereich des Herzens und sagte:

„Der Schuss stammte entweder aus einer P8 Heckler& Koch oder aus einer SIG Sauer P225. Beide haben dasselbe Kaliber.

Der Schuss wurde aus unmittelbarer Nähe abgefeuert und war absolut tödlich."

„Du hast doch sicher auch das Ergebnis von der Schussverletzung des Pastors", fragte Dirk. *„Was kannst du uns dazu sagen?"*

„Das Kaliber ist dasselbe wie bei seiner Ehefrau", antwortete der Mediziner, *„nur dass die Entfernung der Schussabgabe von weiter weg erfolgte."*

„Wie weit weg?", fragte Dirk weiter.

„Mindestens drei bis vier Meter", antwortete Walter.

„Das verstehe ich nicht", sagte jetzt Klara.

„Es liegt daran, dass der Täter, bzw. die Täterin zuerst aus nächster Nähe auf die Frau geschossen hat, die sich im Wohnzimmer befand.

Als der Ehemann, also der Pastor, der sich in seinem Arbeitszimmer befand, den Schuss hörte, eilte er herbei, wo er dann von dem Täter bzw. der Täterin, die gerade flüchten wollte, aus einer größeren Entfernung beschossen wurde".

„Wieso sagen Sie <Täterin>?", fragte Klara, worauf der Mediziner antwortete:

„Weil der schwer verletzte Pastor die eingetroffene Polizei sofort befragte, bevor er ohnmächtig wurde, ob sie die Täterin gefasst hätten.

Aber das fragt ihr ihn lieber selber, wenn ihr ihn besucht."

„Ist er denn schon vernehmungsfähig?", fragte Dirk.

„Ich denke schon", antwortete Dr. Höflein und zog das Tuch wieder über den Leichnam. Die beiden Ermittler bedankten sich und verließen den Raum.

*****

Die Arbeit der Spurensicherung in der Wohnung Helmstädter war beendet und der Zugang für die Ermittler somit freigegeben.

„Ist es normal, dass zwei Eheleute, die noch nicht einmal fünfzig Jahre alt sind, getrennte Schlafzimmer haben?"

Klara sah ihren Kollegen überrascht an und antwortete:

„Da fragst du die Falsche, lieber Dirk. Wie du ja weißt, bin ich nicht verheiratet, so wie du. Aber wie ist das bei euch? Habt ihr getrennte Schlafzimmer?"

„Natürlich nicht", sagte Dirk lachend, *„wir befinden uns ja praktisch noch in den Flitterwochen."*

Jetzt musste auch Klara lachen.

„Gib nicht so an; du bewegst dich ja schon in Richtung Pension. Da dürfte die Flamme der Leidenschaft schon ziemlich in Glut übergegangen sein."

„Vielleicht schnarcht einer der beiden", erwiderte Dirk, und lenkte das Gespräch wieder in dienstliche Bahnen.

Die Ermittler untersuchten die Schlafzimmer. Das Zimmer des Pastors war eher puritanisch ausgestattet. Ein Kruzifix über dem Bett und ein Bild seiner Ehefrau auf dem Nachtkästchen.

Anders hingegen das Zimmer der Ehefrau.

Ein erotisches Bild mit einer abstrakten Abbildung zweier Liebenden über dem Bett und kein Bild des Ehegatten. Dafür aber eine Bibel in der Schublade des Nachtkästchens.

„Ja, was haben wir den da?"

Als Dirk die Bibel in die Hand nahm und darin herumblätterte, fiel eine Fotografie heraus. Er zeigte sie Klara.

„Die Frau ist unsere Tote; aber wer ist der Mann?", fragte Klara.

„Der Ehemann ist das ganz sicher nicht", erwiderte Dirk.

„Dann werden wir den Herrn Pastor einmal fragen müssen", sagte Klara, die das Bild noch immer in der Hand hielt.

Die Fotografie spiegelte eine gewisse Vertrautheit wieder. Der Mann und die Frau hielten einander fest und schauten sich sehr verliebt an.

„Sollten wir hier das Motiv für die Tat gefunden haben?", sagte Dirk, *„geht es hier etwa um Eifersucht?"*

„Mag sein", erwiderte Klara, *„aber wer war eifersüchtig auf wen?"*

„Den lieben Pastor können wir ausschließen", sagte Dirk.

„Dann bleibt ja nur noch die Partnerin des Mannes auf der Fotografie übrig", erwiderte Klara und fügte hinzu:

„Hat der Pastor nicht gesagt, dass es bei dem Täter um eine Frau ging?"

„Du hast recht", pflichtete Dirk bei, *„höchste Zeit, dass wir dem Pastor einen Besuch abstatten."*

*****

Pastor Lars Helmstädter war von der Intensivstation in ein normales Zimmer verlegt worden, und vor seiner Tür hatte man vorsichtshalber einen Beamten gesetzt.

„Guten Morgen, Herr Helmstädter, wie geht es Ihnen?"

Bevor der Patient darauf antworten konnte, fuhr KOK Dirk Carstens fort:

„Oder legen Sie Wert darauf, dass wir Sie mit <Pastor Helmstädter> ansprechen?"

Lars Helmstädter lächelte. Es hatte am Tonfall erkannt, dass sich hinter der Person des Kriminalisten wohl ein Atheist oder zumindest ein Agnostiker verbarg.

„Nehmen Sie das, wobei Sie sich wohlfühlen. Mir ist beides recht."

Klara respektierte zwar die Haltung ihres Kollegen, missbilligte hingegen die süffisante Art, wie er dem Mann begegnete, der noch vor Kurzem seine Ehefrau verloren hatte und dem eigenen Tod nur knapp entgangen war.

Dirk Carstens Mutter Martina war an Krebs gestorben, was Dirk Gott nie verziehen hat. Wie konnte Gott zulassen, dass die Mutter elend zugrunde gegangen ist, wo sie doch eine durch und durch gläubige Christin war und auch regelmäßig in die Kirche ging.

„Ich bin Klara Ludkowitz vom LKA Hamburg und das ist mein Kollege Dirk Carstens. Es tut uns sehr leid, was mit Ihrer Ehefrau passiert ist."

Klara hatte das gesagt, nicht ohne vorher einen mahnenden Blick zu ihrem Kollegen geschickt zu haben.

„Das ist sehr freundlich von Ihnen, Frau Ludkowitz; ich danke Ihnen", sagte der Pastor und bat mit einer einladenden Handbewegung die Besucher, Platz zu nehmen.

„Fühlen Sie sich stark genug, uns ein paar Fragen beantworten zu können?"

„Ich denke schon", erwiderte der Pastor, *„bitte, fragen Sie!"*

„Schildern Sie uns doch bitte, was in Ihrer Wohnung passiert ist."

Man konnte im Gesicht des Mannes ablesen, dass es ihm schwerfiel, der Bitte von KHK Ludkowitz nachzukommen.

Nach mehrmaligem Räuspern begann er schließlich:

„Es war nach dem Abendessen, als ich in meinem Arbeitszimmer saß, um an der Predigt für den kommenden Sonntag zu arbeiten.

Plötzlich hörte ich einen Schuss. Ich eilte sofort ins Wohnzimmer, wo sich meine Ehefrau aufhielt.

Dann sah ich sie. Sie lag auf dem Boden. "

Der Pastor begann zu weinen. Seine Stimme wurde durch die Tränen erstickt.

„Wollen Sie eine Pause machen? "

Es war Dirk, der das gesagt hatte. Es zeigte sich wieder einmal, dass sich hinter der manchmal polternd daherkommenden Persönlichkeit ein weicher Kerl verborgen hielt.

„Danke, es geht schon wieder. "

Der Pastor schnäuzte sich kurz und fuhr fort:

„Eine maskierte Frau hielt eine Pistole in der Hand. Als sie mich sah, schoss sie auf mich. Ich fühlte einen heftigen Schmerz in der Brust.

Ich wollte auf die Frau zugehen, stolperte jedoch und fiel hin. Dann weiß ich nichts mehr.

Als ich wieder aufwachte, waren Leute da, die sich um mich kümmerten."

Die beiden Kriminalisten hatten aufmerksam zugehört.

„Sie sagten, es handelte sich um eine Frau, die zuerst auf Ihre Ehefrau und danach auf Sie schoss. Was macht Sie da so sicher? Haben sie ihr Gesicht gesehen?"

„Nein, das war nicht möglich. Sie trug eine Ski-maske."

„Wieso glauben Sie dennoch, dass es eine Frau war? Sie konnten doch Ihr Gesicht nicht sehen?"

„Anhand der Statur ihres Körpers. Es war ein sehr schlanker Körper. Ich habe berufsbedingt tagtäglich mit Menschen zu tun. Und da bekommt man ein Gefühl dafür, ob es sich um einen Mann oder um eine Frau handelt."

„Oder um einen androgynen[3], jungen Mann", warf Dirk ein.

„Das könnte natürlich auch sein, Herr Kommissar", erwiderte der Pastor, *„aber ich glaube das nicht."*

---

[3] *knabenhaft*

„Glauben, das ist mehr so Ihr Ding, Herr Helmstädter; wir halten uns an Fakten."

Und da war sie wieder. Dirks Ablehnung gegen alles Klerikale.

„Wie oft wurde auf Sie und Ihre Ehefrau geschossen, Herr Pastor?"

Klara zog die Aufmerksamkeit wieder auf sich.

„Nur jeweils einmal", antwortete der Pastor.

Die Anstrengung hatte bei dem Patienten Spuren hinterlassen. Dicke Schweißperlen waren auf seine Stirn getreten.

„Könnten Sie mir bitte das Wasserglas reichen?"

Zu Klaras Erstaunen ergriff Dirk das gewünschte Glas und hielt es dem Pastor entgegen. Dieser nahm den Strohhalm zwischen seine Finger und zog mehrmals daran. Dann legte er den Kopf wieder zurück auf das Kissen und bedankte sich bei Dirk.

„Ich denke, wir machen für heute Schluss und kommen morgen wieder", sagte Klara und stand auf.

„Wir wünschen Ihnen weiterhin alles Gute und bis morgen!"

„Vielen Dank und danke für Ihren Besuch."

Als die beiden Ermittler das Zimmer verlassen hatten, fragte Dirk, warum Klara die Fotografie nicht erwähnt hatte.

„Das wäre im Moment zu belastend gewesen. Der Patient läuft uns ja nicht davon, und morgen ist auch noch ein Tag."

*****

Befragung von Emma Klein

„Befragung von Emma Klein. Anwesend sind die zu Befragende, sowie KHK Ludkowitz und KOK Carstens.

KHK Ludkowitz:
„Frau Klein, schildern Sie uns doch einmal den Vorgang im Pfarrhaus am Abend es 16. Mai diesen Jahres."

Emma Klein:
„Ich war in der Küche und kümmerte mich um das Geschirr vom Abendbrot."

Die Haushälterin wirkt sichtlich aufgeregt und nestelt nervös an ihrem Taschentuch herum, das sie krampfhaft in den Händen hält.

KHK Ludkowitz:
„Frau Klein, Sie müssen nicht nervös sein. Es passiert Ihnen nichts. Sie schildern uns einfach nur, an was Sie

sich erinnern an jenem Abend. Danach können sie schon wieder gehen. "

Die Haushälterin nickt als Zeichen, dass sie das verstanden hat.

KHK Ludkowitz:
„Seit wann sind Sie schon im Pfarrhaus angestellt? "

Emma Klein:
„Im Oktober werden es sieben Jahre, Frau Kommissar. "

KHK Ludkowitz:
„Das ist ganz schön lang. Da kennt man sich schon recht gut, nicht wahr? "

Frau Klein nickt erneut als Zeichen der Zustimmung.

KHK Ludkowitz:
„Nun, Frau Klein, dann erzählen Sie uns, an was Sie sich erinnern an dem besagten Abend. "

Emma Klein:
„Wie ich schon sagte, ich war in der Küche. "

KHK Ludkowitz nickt als Bestätigung und lächelt der Haushälterin aufmunternd zu, währen KOK Carstens mit seiner aufkommenden Ungeduld beschäftigt ist. Er bewunderte schon immer das feine Gespür seiner Kollegin und ihre Geduld, die sie bei der Befragung von Personen an den Tag legte.

Emma Klein:
„Plötzlich hörte ich Schüsse. Erst einen und dann noch einen."

KHK Ludkowitz:
„Kamen die direkt nacheinander? Und waren es nur zwei Schüsse?"

Emma Klein:
„Es waren nu zwei; zumindest habe ich nur die beiden gehört. Und die kamen auch nicht sofort hintereinander."

KHK Ludkowitz:
„Was denken Sie, Frau Klein? Lagen zwischen den beiden Schüssen Minuten oder ein paar Sekunden?"

Emma Klein:
„Minuten waren das nicht. Aber ein paar Sekunden schon."

KOK Carstens:
„Wie würden Sie die Beziehung zwischen Herrn und Frau Helmstädter bezeichnen?"

Emma Klein zeigt sich erstaunt ob dieser Frage. Sie ist ihr erkennbar unangenehm.

Emma Klein:
„Was soll ich sagen, Herr Kommissar…
Sie sind immer sehr höflich im Umgang mit einander. Und zu mir sind sie stets freundlich. Ich mag die beiden sehr."

KHK Ludkowitz:
„*Also Sie hörten die zwei Schüsse. Was geschah danach?*"

Emma Klein:
„*Ich bin sofort ins Wohnzimmer gerannt.*"

KOK Carstens:
„*Hatten Sie keine Angst?*"

Klara blickt verärgert zu ihrem Kollegen.

Emma Klein:
„*Darüber habe ich gar nicht nachgedacht. Ich bin einfach losgerannt.*"

KHK Ludkowitz:
„*Sie machen das richtig gut, Frau Klein. Erzählen Sie weiter!*"

Emma Klein:
„*Es war schrecklich. Der Pastor und seine Frau lagen am Boden. Und da war auch Blut. Der Pastor hat mir zugerufen, ich soll die Polizei und die Feuerwehr rufen. Und das habe ich dann auch gemacht.*"

KHK Ludkowitz:
„*Konnten Sie sehen, ob Frau Helmstädter noch gelebt hat?*"

Emma Klein:
„*Nein; aber sie hat sich nicht mehr bewegt. Ich glaube schon, dass sie tot war.*"

KOK Carstens:
„War außer Ihnen und dem Ehepaar Helmstädter sonst noch jemand im Raum?"

Emma Klein:
„Nein; nur wir drei."

KHK Ludkowitz:
„Was haben Sie dann gemacht?"

Emma Klein:
„Ich habe gewartet, bis die Polizei und die Feuerwehr gekommen sind...
Und das Fenster habe ich zugemacht."

KHK Ludkowitz:
„Welches Fenster?"

Emma Klein:
„Das Fenster in den Garten."

Klara und Dirk sehen einander erstaunt an. In diesem Augenblick eröffnet sich ihnen ein neuer Tatbestand.

KHK Ludkowitz:
„Könnte es sein, dass der oder die Täterin durch das offene Fenster entkommen ist?"

Emma Klein:
„Aber ja doch. Das Wohnzimmer liegt ja ebenerdig. Und durch das Fenster kann man problemlos in den Garten gelangen."

KHK Ludkowitz:

„Sie haben uns sehr geholfen, Frau Klein. Vielen Dank. Ein Kollege wird Sie nach Hause bringen. Wir wünschen Ihnen alles Gute."

Nachdem die Haushälterin gegangen war, sagte Klara zu Dirk:

„Ich nehme an, dass noch niemand diese Möglichkeit in Betracht gezogen hat. Setze sofort die Spurensicherung darauf an. Sie sollen den Boden vor dem Fenster nach Fußabdrücken untersuchen und das Fenster nach Fingerabdrücken. Vielleicht haben wir ja Glück."

*****

Die Untersuchung am Fenster selbst brachten keine verwertbaren Spuren. Die vorhandenen konnten dem Pastorenehepaar und der Haushälterin zugeordnet werden.

Hingegen vor dem Fenster konnte man Fußabdrücke finden, die auf Schuhgröße einundvierzig hinwiesen.

„Die gehören wohl kaum zu einer Frau", bemerkte KK Stoever, worauf KOK Carstens sagte:

„Du kennst Hilli nicht."

„Wer ist Hilli", fragte Heiko Stoever.

„Das ist Tante Hiltrud, die Schwester meines Vaters. Die hat so große Füße."

„Es könnte sich aber auch um einen kleineren Mann handeln", mischte sich nun KHK Ludkowitz ein und fuhr fort:

„Das Ergebnis der Spurensuche zeigt auf, dass der oder die Täterin durch das Fenster entkommen ist. Leider verliert sich die Spur an der Straße, die nur wenige Meter davon entfernt verläuft.

Wäre man der Spur gleich nachgegangen, hätte man noch weitere Spuren finden können, aber dadurch, dass es dazwischen geregnet hat, ist die Spur verwischt."

„Da hat die Spusi[4] aber geschlampt", sagte KK Stoever.

„Sachte, sachte, Herr Kollege", erwiderte KOK Carstens, *„oder hast du die Haushälterin am Tatort gefragt, ob das Fenster geschlossen war?"*

Der junge Kollege wurde blass. Er hatte Emma Klein tatsächlich nicht danach gefragt. KOK Carstens verzichtet auf die Antwort und sagte stattdessen:

„Wenn man selber nicht vollkommen ist, sollte man mit Schuldzuweisungen vorsichtig umgehen."

*****

---

[4] *Spurensicherung*

Pastor Lars Helmstädter regenerierte überraschend schnell. Es kostete die Ärzte viel Mühe, den Patienten zu überzeugen, dass er seinen Krankenhausaufenthalt wenigstens noch für eine kurze Weile verlängern sollte.

„Guten Tag, Herr Pastor. Wie ich sehe, geht es schnell bergauf mit Ihrer Genesung; das ist schön."

KHK Klara Ludkowitz hatte einen kleinen Obstkorb mitgebracht.

„Da ich nicht weiß, ob Sie Süßigkeiten mögen, und Blumen bei einem Mann nicht zwingend angebracht sind, habe ich mich für ein bisschen Obst entschieden. Ich denke, das geht immer."

„Vielen Dank, Frau Kommissar. Das ist sehr aufmerksam von Ihnen. Aber Süßigkeiten wäre auch in Ordnung gewesen. Ich denke, man kann es auch an meiner Figur erkennen", antwortete der Pastor, begleitet von einem feinen Lächeln.

Klara erwiderte das Lächeln. Sie sah in dem Pastor einen Mann in den besten Jahren, aber keinesfalls einen adipösen Zeitgenossen mit Doppelkinn und Bierbauch.

„Man nennt das wohl <Fishing for Compliments>, so viel ich weiß, Herr Pastor", sagte Klara, die scheinbar den Zweck ihres Kommens vergessen zu haben schien.

„Was führt Sie zu mir, Frau Kommissar? Gibt es schon neue Erkenntnisse?"

Mit diesen Worten wurde Klara wieder auf den Pfad der Ermittlungen zurückgeführt.

„Ich hätte noch die eine oder andere Frage, Herr Pastor, so weit es zumutbar für sie ist."

„Fragen Sie, Frau Kommissar. Es geht mir schon wieder recht gut. Ich würde gern wieder meiner Arbeit nachgehen; aber die Ärzte erlauben es nicht."

Hier machte der Pastor eine Pause.

„Es würde mir auch helfen, das Unfassbare zu verarbeiten. Solange ich hier liege, habe ich viel zu viel Zeit, darüber zu grübeln, warum jemand so etwas macht. Meine Ehefrau war so ein wunderbarer Mensch, der niemandem jemals etwas zuleide getan hat..."

Während der Pastor das sagte, rannen ihm Tränen über die Wangen.

„Es tut mir so leid, Herr Pastor", sagte Klara, und ihr wurde wieder einmal bewusst, dass der Beruf auch seine Schattenseiten hatte.

„Entschuldigen Sie, Frau Kommissar", erwiderte der Pastor und wischte sich die Tränen ab. *„Es geht schon wieder. Was wollten Sie fragen?"*

Klara nahm zögerlich die Fotografie aus ihrer Tasche und hielt sie dem Pastor entgegen.

„Können Sie mir sagen, wer der Mann neben Ihrer Frau auf dem Bild ist? Es ist doch Ihre Frau, oder?"

Der Pastor betrachtete das Bild und riss erstaunt die Augen auf. Die vertraute Stimmung, welche das Bild vermittelte, war kaum übersehbar.

„Ja, das ist meine Gerda", antworte der Pastor mit leiser Stimme und fuhr beinahe zärtlich mit dem Finger über das Gesicht seiner Frau.

„Und wer ist der Mann?", fragte Klara wiederholt.

„Das ist Helmut Burmester", antwortete der Pastor, *„ein lieber Freund."*

Klara fühlte sich gehemmt. Sie musste sich überwinden, die nächste Frage zu stellen.

„Hatte Ihre Frau ein Verhältnis mit diesem Mann?"

„Auf gar keinen Fall!"

Pastor Lars Helmstädter hatte sich abrupt aufgesetzt und griff mit schmerzverzerrtem Gesicht sich an die Wunde. Er streckte Klara die Fotografie entgegen und sagte heftig:

*„Wie können Sie so etwas sagen? Schämen Sie
sich. Ich möchte, dass Sie gehen. Und Ihren Obstkorb
können Sie auch wieder mitnehmen."*

KHK Klara Ludkowitz erschrak über die heftige
Reaktion des Pastors. Damit hatte sie nicht gerechnet.

*„Eine Frage hätte ich noch, bevor ich gehe: Als
Sie ins Zimmer kamen, nachdem Sie den Schuss gehört hatten, war da das Fenster zum Garten offen
oder geschlossen?"*

Der Pastor schien nachzudenken. Schließlich
sagte er:

*„Das weiß ich nicht; aber ich glaube, es war
geschlossen."*

*„Vielen Dank, Herr Pastor und entschuldigen
Sie. Es tut mir leid."*

Klara verließ das Zimmer, jedoch ohne den
Obstkorb wieder mitzunehmen.

*****

Als KOK Carstens und sein Kollege Stoever
beim Haus von Helmut Burmester anläuteten, öffnete
eine Frau, Mitte fünfzig, mit zerzausten Haaren und
fragte mit barschem Ton:

„Was wollen Sie?"

„*Wir möchten Herrn Burmester sprechen*", antwortete KOK Carstens und hielt seine Dienstmarke entgegen.

„*Der ist nicht da*", kam die schnoddrige Antwort der Frau, die im Begriff war, die Tür wieder zu schließen.

KK Stoever stellte seinen Fuß dazwischen, worauf die Frau sagte:

„*Nehmen sie sofort Ihren Fuß weg, sonst rufe ich die Polizei.*"

„*Wir sind die Polizei*", erwiderte KOK Carstens, der jetzt bemerkte, dass die Frau alkoholisiert zu sein schien.

„*Lassen Sie uns bitte herein oder ist es Ihnen lieber, wenn wir Sie aufs Revier mitnehmen?*"

Dirk Carstens Worte hatten einen scharfen Klang, der die Frau veranlasste, die Tür weit aufzumachen, um sich danach wortlos ins Hausinnere zu begeben. Die beiden Beamten folgten ihr.

„*Wie können wir Ihren Mann erreichen?*", fragte Dirk Carstens und fügte hinzu:

„*Sie sind doch seine Ehefrau, nicht wahr?*"

„*Das weiß ich nicht*", antwortete die Frau, „*und ja, ich habe den Loser leider irgendwann einmal geheiratet.*"

„Und Sie wissen nicht, wo sich Ihr Ehemann gerade aufhält?", setzte Heiko Stoever nach.

„Das habe ich doch gerade gesagt", antwortete die Frau gereizt, *„sind Sie taub oder so?"*

Heiko Stoever wollte der Respektlosigkeit entgegentreten, aber Dirk Carstens winkte ab. Er wusste, dass man damit bei der Frau überhaupt nichts erreichen würde.

„Kennen Sie das Ehepaar Helmstädter?", fuhr Dirk Carstens mit der Befragung fort.

„Das Pfaffengesindel?", sagte die Frau, und in ihrer Stimme lag Verachtung. Sie griff nach der Weinflasche, die auf dem Tisch stand, um sich das Glas anzufüllen. Dirk Carstens nahm ihr die Flasche weg und sagte:

„Frau Burmester, ich nehme Sie fest wegen Behinderung der Justiz. Ziehen Sie sich eine Jacke an und kommen sie mit."

KK Heiko Stoever blickte überrascht seinen Kollegen an. Er hegte berechtigte Zweifel an der Vorgehensweise von Dirk Carstens, sagte aber nichts.

Noch mehr überrascht war der junge Kommissar, als er sah, wie Frau Burmester ohne Murren der Aufforderung durch KOK Carstens nachkam.

*****

Befragung von Brigitte Burmester

„Befragung von Brigitte Burmester. Anwesend sind die zu Befragende, sowie KHK Ludkowitz und KOK Carstens.

KHK Ludkowitz:
„Frau Burmester, Sie haben die Nacht in einer Zelle verbracht, weil Sie sich gestern in Ihrem Wohnhaus nicht kooperativ gezeigt haben, als Sie von meinen beiden Kollegen befragt wurden.

Ich gehe davon aus, dass die Befragung heute anders verläuft. Ich habe hier einen Kaffee für Sie, um die Lebensgeister zu erwecken."

Brigitte Burmester nickt zum Zeichen ihres Verständnisses und dankt für den Kaffee. KHK Ludkowitz setzt die Befragung fort.

KHK Ludkowitz:
„Frau Burmester, Sie haben gestern gesagt, dass Sie nicht wissen, wo sich Ihr Ehemann derzeit aufhält. Ist das richtig?"

Die Befragte nickt erneut.

KOK Carstens:
„Sie müssen laut antworten, damit es vom Mikrofon aufgenommen werden kann."

Brigitte Burmester antwortet laut vernehmbar mit „JA".

KHK Ludkowitz:
„Frau Burmester, Ihr Ehemann unterrichtet doch an einer hiesigen Schule. Wann haben Sie ihn das letzte Mal gesehen? Haben Sie ihn vielleicht einmal in der Schule aufgesucht?"

Brigitte Burmester:
„Ja, das war kurz vor Beginn der Ferien. Ich wollte Geld von ihm. Aber er hat mich ausgelacht."

KHK Ludkowitz:
„Wir haben jetzt Ende August. Also war das so Ende Juni?"

Brigitte Burmester nickt, aber als KOK Carstens sie darauf aufmerksam will, laut zu antworten, sagt sie schnell „JA".

KOK Carstens:
"Hat sie das geärgert, als Ihr Ehemann sich geweigert hat, Ihnen Geld zu geben?"

Brigitte Burmester:
„Sehr sogar; ich hätte ihn am Liebsten umgebracht."

KHK Ludkowitz:
„Frau Burmester, ich zeige Ihnen jetzt eine Fotografie, und Sie sagen mir bitte, wen Sie darauf erkennen."

KHK Ludkowitz zeigt Frau Burmester das Bild.

Brigitte Burmester:
„Das ist mein Ehemann und die Pastoren-Schlampe."

38

KHK Ludkowitz:
„Warum nennen Sie Frau Helmstädter eine <Schlampe>, Frau Burmester?"

Brigitte Burmester:
„Ganz einfach; weil sie eine ist, Frau Kommissar."

KHK Ludkowitz:
„Das müssen Sie mir aber jetzt näher erklären, Frau Burmester."

KK Heiko Stoever verfolgt die Befragung hinter der Glasscheibe, die zum Befragungsraum hin angebracht ist. Er ist erstaunt darüber, dass seine Chefin der Befragten gegenüber eine ordentliche Portion Respekt entgegenbringt. Würde er die Befragung durchführen, würde das ganz anders ablaufen.

Brigitte Burmester:
„Wir haben uns eine Zeit lang zum Kartenspielen getroffen. Und diese Pastoren-Schlampe hat meinem Ehemann von Anfang an schöne Augen gemacht.

Und der geile Bock ist sofort darauf angesprungen, nur weil sie jünger ist als ich."

KHK Ludkowitz:
„Können wir uns darauf einigen, dass Sie die Bezeichnung <Schlampe> nicht weiter verwenden. Sagen Sie einfach <Frau Helmstädter>, wenn ich bitten darf."

KK Heiko Stoever versteht die Welt nicht mehr. Er würde die Befragte bestimmt nicht mit Glacéhandschuhen anpacken. Als Brigitte Burmester mit „Ja, Frau Kommissar" antwortet, schüttelt der junge Kommissar verständnislos den Kopf.

KHK Ludkowitz:
„Glauben Sie, dass die beiden ein Verhältnis hatten?"

Brigitte Burmester:
„Meinen sie, ob sie gefickt haben?"

KHK Ludkowitz:
„Nun, ich hätte es vermutlich anders ausgedrückt; aber ja, meine Frage geht dahin."

Brigitte Burmester:
„Mich hat er ja schon lange nicht mehr angerührt, aber die Schlampe, ich meine die Frau Helmstädter, hat er gefickt. Hundertprozentig."

KHK Ludkowitz:
„Was meinen Sie, Frau Burmester, wusste Pastor Helmstädter von der Affäre der beiden?"

Brigitte Burmester:
„Der ist ja nicht blind. Und doof ist der auch nicht. Er hat es ganz bestimmt gewusst."

KHK Ludkowitz:
„Ich danke Ihnen sehr, Frau Burmester. Sie haben uns sehr geholfen. Jetzt müssen Sie nur noch ein Protokoll unterschreiben, und dann bringt Sie ein netter Kollege nach Hause."

*****

KHK Ludkowitz hatte den Kollegen Stoever beauftragt, Hintergrundrecherchen für das Ehepaar Helmstädter durchzuführen, was zu einem interessanten Ergebnis geführt hatte.

Es existierte eine gegenseitige, hohe Lebensversicherung, deren Summe – im Fall eines Ablebens von beiden Versicherten – an einen gewissen Kofi Oppong zur Auszahlung gelangen sollte.

„Das ist ja hochinteressant", sagte KOK Carstens, *„wer immer das auch sein mag; er hat ein perfektes Mordmotiv."*

„Sachte, sachte, Dirk", erwiderte KHK Ludkowitz, *„wir müssen erst einmal herausfinden, wer das ist und wo wir diesen Herrn finden können."*

„Kein Problem, Chefin", sagte KK Stoever, *„Kofi Oppong ist ein Student an der HFBK⁵ und von dort können wir auch die Adresse besorgen."*

„Und woher wissen Sie das, Stoever?"

Klara konnte ihr Erstaunen über die Arbeit ihres jungen Kollegen kaum verbergen.

„Das Internet und Sozial Media wissen alles."

„Bravo, Stoever; das haben Sie sehr gut gemacht."

---

⁵ *Hochschule für bildende Künste*

Es war das erste Mal, dass ein Lob für KK Stoever aus Klaras Mund kam und Heiko Stoever genoss es, zumal Klara ihn mit seinem Vornamen angesprochen hatte.

„Danke, Chefin", sagte Heiko und fügte hinzu:

„Soll ich mich um die Adresse kümmern?"

„Mach das, Heiko", antwortete Klara, und für Heiko brach in diesem Augenblick eine neue, wunderbare Ära an.

*****

„Wer ist Kofi Oppong?", fragte Klara.

Mit diesen Worten begann ein erneuter Besuch von KHK Ludkowitz und KOK Carstens beim Patienten, Lars Helmstädter.

Das Erstaunen des Pastors ob dieser Frage war unübersehbar.

„Kofi Oppong ist unser Adoptivkind", antwortete der Pastor. *„Wir haben ihn aus Ghana geholt, weil meine Ehefrau keine Kinder bekommen kann."*

Es war interessant, dass der Pastor in der Gegenwartsform gesprochen hatte. Den Tod seiner Ehefrau schien er zu verdrängen.

„ Und warum haben Sie uns das nicht gesagt? "

Die Schärfe der Frage ließ den Pastor zusammen-
zucken. Er sah Klara an und begann zu weinen.

*„ Wir haben dieses Kind aus der größten Not
geholt und ihn mit all unserer Liebe erzogen. Wir
haben ihm Kleidung und Bildung gegeben und er hat
es uns nicht gedankt. Stattdessen hat er begonnen,
Drogen zu nehmen und sein Leben wegzuwerfen.
Meine Frau ist daran fast zerbrochen. "*

Klara bedauerte augenblicklich ihre scharfe
Gangart. Vor ihr lag ein an Leib und Seele verwunder-
ter Mensch, und sie bedrängte ihn mit ihren Fragen.

„ Beruhigen Sie sich doch, Herr Pastor ", sagte
Klara, *„ es tut mir leid. Aber wir müssen diese Fragen
stellen. "*

„ Ist schon in Ordnung ", erwiderte der Pastor und
wischte seine Tränen ab. *„ Stellen Sie Ihre Fragen. "*

„ Was macht Ihr Adoptivsohn und wo wohnt er? "

„ Er studiert Malerei, glaube ich ", antwortet der
Pastor, *„ aber mehr weiß ich auch nicht. Wir haben
schon lange keinen Kontakt mehr. Meine Frau über-
weist ihm regelmäßig Geld. Sie glaubt, ich weiß das
nicht; aber ich lasse sie in dem Glauben. Eine Adresse
habe ich nicht. "*

Klara fühlte eine leichte Verunsicherung. Sie fragte sich, warum der Mann, dessen Ehefrau ermordet wurde, noch immer so sprach, als lebte sie noch.

„Ich hätte da noch eine Frage, Pastor Helmstädter. Dann lassen wir sie in Ruhe", sagte KOK Carstens und fügte hinzu:

„Wieso schließt man eine Lebensversicherung auf Gegenseitigkeit ab und setzt zusätzlich noch einen Begünstigten ein, für den Fall des gemeinsamen Ablebens?"

Lars Helmstädter sah Dirk erst verwundert an und lächelte dann.

„Ich verstehe, dass diese Vorgehensweise Erstaunen bei Ihnen auslöst; aber ich will versuchen, es Ihnen zu erklären:

Meine Frau ist eine überängstliche Natur. Sie hat auf diese Regelung bestanden, weil man schließlich ja nie ausschließen kann, dass ein Ehepaar auf Reisen eventuell tödlich verunfallen könnte. Sei es bei einem Autounfall oder durch einen Flugzeugabsturz."

Der Pastor ließ seine Worte wirken und sah dabei in die erstaunten Gesichter der beiden Ermittler, die nur stumm dastanden, um sich kurz darauf mit besten Genesungswünschen zu verabschieden.

*****

KK Heiko Stoever war es gelungen, Kofi Oppong ausfindig zu machen und ihn für eine Befragung auf die Wache zu bringen.

Klara honorierte das erfolgreiche Bemühen ihres jungen Kollegen, den Verdächtigen ausfindig zu machen, indem sie Heiko an der Befragung teilhaben ließ.

Befragung von Kofi Oppong

„Befragung von Kofi Oppong. Anwesend sind der zu Befragende, sowie KHK Ludkowitz und KK Stoever.

KHK Ludkowitz:
„Herr Oppong, Sie sind der Adoptivsohn des Ehepaars Lars und Gerda Helmstädter. Ist das korrekt? "

Kofi Oppong:
„Das steht doch sicher alles in Ihren Akten. Wieso fragen Sie dann? "

Der Tonfall des Befragten zeigt deutlich auf, dass er auf Provokation aus ist. Auch die Art, wie er Platz genommen hat, weist darauf hin. Aber da hat er sich gewaltig getäuscht; nicht mit KHK Ludkowitz!

KHK Ludkowitz:
„Nun, Herr Oppong; es ist leider so. Sie haben zwei Möglichkeiten: Entweder Sie erweisen uns den nötigen Respekt, indem Sie sich ordentlich hinsetzen und einen gemäßigten Ton anschlagen, oder Sie verbringen erst einmal eine Nacht in einer Zelle, um sich über Ihr Benehmen Gedanken zu machen.

45

Wie entscheiden Sie sich?"

Kofi Oppong setzt sich augenblicklich ordentlich hin und teilt so seine Entscheidung mit. KK Stoever ist tief beeindruckt.

KHK Ludkowitz:
„Eine sehr gute Entscheidung. Wenn Sie mir jetzt bitte noch meine Frage von gerade eben beantworten könnten."

Kofi Oppong:
„Es trifft zu. Der Pastor und seine Frau haben mich adoptiert."

KHK Ludkowitz:
„Würden Sie sagen, sie sind gute Eltern?"

Der Befragte stutzt. Seine Gehirnzellen befinden sich in regem Austausch darüber, wie die richtige Antwort ausfallen sollte.

KHK Ludkowitz:
„Haben Sie meine Frage verstanden, Herr Oppong; oder soll ich sie wiederholen?"

Kofi Oppong:
„Nein, nein..."

KHK Ludkowitz:
„Was jetzt, Herr Oppong? Nein, Sie haben die Frage nicht verstanden oder nein, die Helmstädters sind keine gute Eltern?"

Kofi Oppong wirkt stark verunsichert. KK Stoevers Bewunderung für seine Chefin nimmt stetig zu. Er ist gerade im Begriff, von der Besten zu lernen.

Kofi Oppong:
„Sie waren gute Eltern."

KHK Ludkowitz:
„Das freut mich zu hören, Herr Oppong."

KHK Klara Ludkowitz macht eine Pause. Sie beugt sich nach vorne und schaut den Befragten eindringlich an.

KHK Ludkowitz:
„Jetzt verwirren Sie mich aber, Herr Oppong. Auf der einen Seite sagen Sie, dass die Helmstädters gute Eltern waren und auf der anderen Seite haben sie den Kontakt abgebrochen und nehmen außerdem noch verbotene Substanzen."

Der Befragte schnappt nach Luft; aber bevor er darauf antworten kann, fügt Klara noch hinzu:

*„Interessant auch die Formulierung <**waren** gute Eltern> und nicht <**sind** gute Eltern>. Das klingt beinahe so, als wären sie schon tot."*

Kofi Oppongs Augen flackern unruhig hin und her. Panik macht sich bei ihm breit. Klara legt nach:

„Kommt das vielleicht daher, dass Sie die beiden ermorden wollten. Aber leider hat es nur bei Ihrer Mutter geklappt."

47

Kofi Oppong:
„Nein, nein! Das ist nicht wahr."

Kofi Oppong ist aufgesprungen. Der uniformierte Beamte, der sich zusätzlich im Raum befindet, packt den Befragten und drückt ihn zurück auf seinen Stuhl.

KK Stoever:
„Wenn Sie sich nicht beruhigen, werden wir Ihnen Handfesseln anlegen."

Klara lächelt über die Bemerkung ihres Kollegen und sagt: *„Ich denke, das wird nicht nötig sein."*

Kofi Oppong scheint sich zu beruhigen. Er sitzt zusammengesunken auf seinem Stuhl und seine Augen füllen sich mit Tränen.

Kofi Oppong:
„Es stimmt, ich habe den Kontakt zu ihnen abgebrochen. Aber ich würde ihnen niemals wehtun. Das müssen Sie mir glauben."

KHK Ludkowitz:
„Wo waren Sie in der Mordnacht?"

Kofi Oppong:
„Auf einer Geburtstagsfeier bei Freunden."

KK Stoever:
„Aha! Jetzt haben wir Sie. Wir haben Ihnen gar nicht gesagt, wann der Mord passiert ist."

Der junge und überengagierte Kommissar sprudelt förmlich über vor lauter Begeisterung. Jedoch die Freude währt nur kurz.

Kofi Oppong:
„Das war auch gar nicht nötig, Herr Kommissar. Das Datum weiß ich aus der Zeitung."

Ein leichtes Lächeln ließ erkennen, dass Kofi Oppong durch die geistige Fehlinvestition des Kommissars wieder ein wenig Oberwasser zurückerobert hatte. Und Klara fügte ihrerseits ein Lächeln hinzu.

KHK Ludkowitz:
„Wir werden das überprüfen, Herr Oppong. Sie können gehen. Und besuchen Sie Ihren Vater. Ich glaube, er würde sich freuen."

*****

Klara stand vor der Pinwand, auf der die Bilder aller Personen geheftet waren, die im Zusammenhang mit dem Tötungsdelikt standen.

Sie deutete auf die einzelnen Bilder, sah zu ihren beiden Kollegen und gab folgende Kommentare dazu ab:

„Helmut Burmester, Lehrer und Ehemann von Brigitte Burmester. Wir unterstellen einmal, dass er ein Verhältnis mit der Frau des Pastors hatte und dass Brigitte Burmester davon wusste.

Sie tötet Gerda Helmstädter aus Eifersucht und schießt in Panik auf den Pfarrer, als der dazu kommt. Macht das für euch Sinn? Ist sie unsere Täterin?"

Dirk antwortete:

"Zwei Dinge passen meines Erachtens nicht: der Schuss auf den Pfarrer und die Schuhgröße. Wir suchen nach Größe 41, Brigitte Burmester hat aber Größe 37."

Klara deutet auf das nächste Bild.

"Kofi Oppong, Adoptivsohn, Teilzeit-Student und Junkie. Er beauftragt einen Freund oder Kommilitonen, beide ermorden zu lassen, um an die Lebensversicherung zu kommen. Ist das vorstellbar?"

Wieder antwortet Dirk:

"Das passt genauso wenig. Da hätten sich von Anfang an zwei Personen im selben Raum befinden müssen, der Pfarrer und die Ehefrau."

Klara wandte sich an Heiko.

"Was sagst du dazu?"

Heiko war überrascht. Es war das erste Mal, dass ihn die Chefin geduzt hatte.

"Ich glaube auch nicht, dass es einer von beiden war. Wir sollten tiefer graben und mehr über den Pfarrer und die Ehefrau herausfinden."

„Ausgezeichnet, Heiko", erwiderte Klara, *„dann mach dich gleich einmal an die Arbeit."*

„Ich habe auch schon eine Idee", fügte Heiko noch hinzu, *„ich werde Barbara fragen."*

„Und wer soll das sein?", fragte Dirk.

„Barbara König, eine sehr gute Freundin meiner Mutter und Mitglied im Kirchengemeinderat", antwortete Heiko, der gerade von einer größeren Portion Glückshormonen befallen wurde.

*****

Als Heiko wenige Tage später mit dem Ergebnis seiner Recherche aufwartete, brachte das sehr viel Licht in die Dunkelheit der bisher wenig erfolgreichen Ermittlungen.

„Also, ich habe Barbara gefragt, was sie so über die beiden Helmstädters weiß."

Mit diesen Worten begann Heiko mit seinem Bericht. Klara übersah dieses Mal geflissentlich die Respektlosigkeit in Heikos Worten, die sie normalerweise so nicht geduldet hätte.

„Turteltauben sind die beiden Pfarrersleute schon lange nicht mehr. Gerda Helmstädter geht ganz in ihrer Theatergruppe auf, und der gute Lars soll ein Liebchen haben."

„*Das ist ja interessant*", sagte Klara, „*glaubst du, deine Tante könnte zu uns hierher kommen?*

„*Barbara ist nicht meine Tante*", erwiderte Heiko, „*sie ist nur Mutters Freundin.*"

„*Egal*", sagte Klara, „*Hauptsache, du bringst sie zu uns her.*"

„*Wird gemacht, Chefin*", antwortete Heiko, worauf Klara sagte:

„*Den Quatsch mit der <Chefin> lass mal sein. Ich heiße Klara.*"

„*Okidoki, Klara. Ich bring dir Barbara auf dem Silbertablett.*"

Für einen kurzen Augenblick bedauerte Klara, dass sie Heiko dieses Angebot gemacht hatte, sie künftig zu duzen. Aber ein sich aufdrängendes Lächeln wischt die Zweifel hinweg.

Und KK Heiko Stoever war endlich im Olymp des Ermittlerteams angekommen.

*****

Barbara König war eine typische Jungfrau. Sie hatte ihre kranke Mutter hingebungsvoll bis zu ihrem Tod gepflegt und nie Zeit gefunden, sich auf einen Mann einzulassen, geschweige denn, mit einem die Ehe einzugehen. Inzwischen war sie weit jenseits der sechzig und all ihre Liebe galt dem Herrn und der Kirche.

Ihre Wahl zur Kirchengemeinderätin empfand sie als Berufung und große Ehre, und sie widmete sich diesem verantwortungsvollen Amt mit größter Hingabe.

Klara hatte Dirk gebeten, die Befragung durchzuführen, weil ein Gespräch von Frau zu Frau eventuell problematisch verlaufen könnte. Heiko sollte ebenfalls anwesend sein; aber nur als stiller Beobachter und vertrauenserweckendes Beiwerk.

„Es ist schön, dass Sie unserer Einladung gefolgt sind, liebe Frau König und wir bedanken uns sehr."

Mit diesen honigsüßen Worten begann KOK Dirk Carstens die Befragung.

„Ich helfe gern, wo ich nur kann", erwiderte Barbara König, *„aber nur unter einer Bedingung."*

„Und die wäre?", fragte Dirk überrascht.

„Nun, wie Sie ja wissen, bekleide ich das ehrenvolle Amt einer Kirchengemeinderätin, und ich möchte nicht, dass die Leute mit dem Finger auf mich zeigen, wenn sie erfahren, dass ich gewisse Wahrheiten bei der Polizei ausgeplaudert habe."

Dirk verstand gerade nicht so wirklich, was die ehrenwerte Frau König damit sagen wollte, antwortete aber dennoch:

„Sie müssen keine Angst haben, Frau König. Alles, was Sie uns erzählen, wird streng vertraulich behandelt und verlässt nicht diesen Raum.

Es dient lediglich dem Zweck, der Wahrheit auf die Spur zu kommen, und ein scheußliches Verbrechen aufzudecken, damit die Menschen in der Gemeinde wieder ruhig schlafen können."

Heiko nickte zur Bestätigung von Dirks Worten in Richtung Frau König mit dem Kopf, ergänzt durch ein Lächeln, und beides verfehlte nicht seine Wirkung.

Aus Frau Königs Mund sprudelte all ihr Wissen um die Verderbtheit diverser Christenmenschen, mit denen sie, bedingt durch ihr ehrenwertes Amt, immer wieder in Berührung kam.

So wusste sie zu berichten, dass der Herr Pastor kein Kostverächter wäre, weder den Alkohol betreffend noch das andere Geschlecht.

Seine Ehefrau hingegen bezeichnete sie als Inbegriff größter Tugendhaftigkeit und einen Gewinn für die Gemeinde.

Das war das Stichwort für Dirk. Er nahm die Fotografie, auf welcher Gerda Helmstädter mit Helmut Burmester in einer eher intimen Situation zu erkennen ist, und zeigte sie Frau König.

Diese nahm die Fotografie in die Hand, betrachtete sie und begann kurz darauf zu lachen.

„Oh ja, das war lustig. Ein tolles Theaterstück mit den beiden. Was haben wir gelacht…"

Dirk sah Barbara König mit großen Augen an.

„Wollen Sie damit sagen, das Bild wurde bei einer Theateraufführung gemacht?"

„Aber ja", antwortete Frau König, *„Gerda und Helmut haben die Hauptrolle gespielt."*

„Und das Bild zeigt die beiden in ihrer Theaterrolle?", setzte Dirk nach, worauf Frau König antwortete:

„Was denn sonst? Oder was haben Sie gedacht?"

Die Überraschung erfasste nicht nur Dirk und Heiko, sondern auch Klara, die hinter der Wand alles aufmerksam mitverfolgte.

Der Fall „Helmstädter" erschien mit einem Schlag in einem völlig neuen Licht.

Klara hielt es nun nicht mehr länger. Entgegen ihrer ursprünglichen Absicht stürzte sie förmlich in den Befragungsraum.

„Grüß Gott, Frau König. Mein Name ist Klara Ludkowitz und ich leite die Untersuchung."

Das überfallsartige Auftreten von Klara verunsicherte nicht nur Frau König, sondern auch Dirk und

Heiko. Klara riss die weitere Befragung förmlich an sich.

„Wie mein Kollege KOK Carstens schon sagte, sind wir Ihnen sehr dankbar, dass Sie uns behilflich sind. Ihre Informationen sind von unschätzbarem Wert für uns, und sie können uns helfen, den Fall zu lösen."

Das waren genau die richtigen Worte, um Barbara König weiterhin in der Spur zu behalten.

„Das ist doch Bürgerpflicht, Frau Kommissar", erwiderte Frau König und ihre Augen leuchteten.

„Es wäre schön, wenn jeder so dächte", sagte Klara, *„aber leider ist es nicht so."*

Heiko konnte nicht aufhören, darüber zu staunen, wie man eine erfolgversprechende Befragung durchführt. Er hing förmlich an Klaras Lippen und sog jedes ihrer Worte ein, wie süßen Honig.

„Wenn ich es richtig erinnere, liebe Frau König, dann sagten Sie, dass der Herr Pastor den Alkohol ebenso sehr schätzte wie das weibliche Geschlecht. An was machen Sie das fest?"

Barbara König zögerte mit einer Antwort und Klara legte nach:

„Ich trinke auch schon einmal ein Gläschen zu viel. Und an einem schönen Mann kann ich nur schwer vorbeischauen."

„Ja, schon, Frau Kommissar. Aber Sie bezahlen auch das, was Sie trinken, selber. Oder etwa nicht?"

Barbara König hatte angebissen.

„Es gehen gar nicht so viele Gläubige zum Abendmahl, als dass der hohe Weinkonsum gerechtfertigt wäre. Und die vielen leeren Flaschen sprechen eine deutliche Sprache."

Es lag fast ein wenig Verachtung in Barbaras Worten.

„Und wie ist es mit dem anderen Geschlecht?", wagte Klara einen Versuch.

„Es ist nicht immer die christliche Nächstenliebe, die in der Brust des Pastors schlägt."

Jetzt war die Verachtung deutlich zu spüren. Barbara mochte ihren Pfarrer nicht wirklich.

„Ist das nur eine Vermutung oder wissen Sie mehr?"

Klara sah erwartungsvoll zu Barbara König. Man konnte in ihrem Gesicht ablesen, dass sie mit sich kämpfte, ob sie darauf antworten sollte oder nicht.

„Sie wissen, dass alles, was Sie sagen, hier in diesen vier Wänden bleibt."

Klara hatte sich mit diesen Worten zu Barbara König hin gebeugt und mit dem Kopf genickt.

Und es zeigte Wirkung. Barbara begann ganz langsam und leise:

„Es gibt da eine junge Frau. Sie ist aus der Ukraine mit ihrer kleinen Tochter hierher geflüchtet. Pastor Helmstädter hat ihr eine kleine Wohnung besorgt und ist rührend um sie besorgt.“

„Aber das ist doch anerkennenswert, was der Pastor da macht“, lockte Klara Barbara aus ihrem Versteck.

Barbara lächelte und erwiderte:

„Er kümmert sich täglich um sie. Und immer nur nachts.“

Die Frage, woher Barbara das wohl wusste, erübrigte sich. Alleinstehend, frustriert, vom Leben benachteiligt und zu viel unausgefüllte Zeit kann einen schon auf die seltsamsten Gedanken bringen…

„Und hat diese Frau aus der Ukraine auch einen Namen?“

Die Antwort auf diese Frage kam umgehend und äußerst präzise: *„Sofia Petrenko, Hafenweg 17.“*

„Das wars schon, Frau König. Sie haben uns wirklich sehr geholfen.“

*****

Sofia Petrenko war eine junge, attraktive Frau von neununddreißig Jahren, die vor den Gräuel des Krieges, zusammen mit ihrer kleinen Tochter Alina, nach Deutschland geflüchtet war.

Ihr Ehemann Vitali war zum Militär eingezogen worden, und schon kurz nach Kriegsbeginn gefallen.

Jetzt lebt sie in Hamburg in einer kleinen Wohnung und verdient sich neben ihrer Unterstützung etwas dazu, indem sie Putzarbeit in der Kirche leistet, die ihr von Pastor Helmstädter vermittelt wurde.

Lars Helmstädter, seine Ehefrau Gerda und weitere Mitglieder der Gemeinde hatten sich schon früh in Sachen „Flüchtlingshilfe" engagiert, und waren so mit Sofia Petrenko in Kontakt gekommen.

Als sich KHK Ludkowitz und Sofia Petrenko gegenübersaßen, konnte sich die Kommissarin nur sehr schwer vorstellen, dass die Erzählungen von Emma Klein, die angebliche Liebschaft zwischen Pfarrer und Flüchtlingsfrau betreffend, eins zu eins der Wahrheit entsprachen.

Befragung von Sofia Petrenko

„Befragung von Sofia Petrenko. Anwesend sind die zu Befragende, sowie KHK Ludkowitz und KHK Carstens.

Frau Petrenko wirkt angespannt. Sie blickt wie ein verängstigtes Wild hin und her.

KHK Ludkowitz:
*„Frau Petrenko. Sie brauchen keine Angst zu haben;
wir möchten Ihnen nur ein paar Fragen stellen. Es
geht um den Mord an Gerda Helmstädter und den
versuchten Mord an Lars Helmstädter."*

Sofia Petrenko:
*„Ich habe den Pastor und seine Frau nicht ermordet.
Sie waren immer sehr gut zu mir. Das müssen Sie mir
glauben, Frau Kommissar. Mein Vitali wurde ermordet. Ich hasse Gewalt."*

KHK Ludkowitz:
*„Beruhigen Sie sich, Frau Petrenko. Niemand sagt,
dass Sie Frau Helmstädter ermordet haben, und der
Pastor lebt ja noch."*

Klara empfindet Mitleid mit der jungen Frau. Es
fällt ihr schwer, die Befragung fortzusetzen.

*„Möchten Sie vielleicht einen Kaffee oder ein
Wasser?"*

Sofia Petrenko bittet um Wasser und Dirk Cars-
tens verlässt den Raum, um ein Glas Wasser zu holen.
Als er kurz darauf das Gewünschte bringt, nimmt
Sofia Petrenko einen großen Schluck.

KHK Ludkowitz:
*„Sofia, es geht bei der Befragung darum, dass wir uns
mit Ihrer Hilfe ein besseres Bild von dem Ehepaar
Helmstädter machen können. Wollen Sie uns dabei
helfen?"*

Die Befragte schaut in Klaras lächelndes Gesicht und beginnt langsam, ihre Furcht abzulegen. Sie fasst sogar ein wenig Vertrauen zu der Frau, der sie gegenüber sitzt.

Sofia Petrenko:
„Dann bin ich gar nicht verhaftet?"

Aus dem Lächeln von Klara wird ein freundliches Lachen.

KHK Ludkowitz:
„Um Gottes willen, nein. Sie können jederzeit gehen, wenn Sie möchten. Aber ich würde mich sehr freuen, wenn Sie mir vorher die eine oder andere Frage beantworten könnten."

Sofia Petrenko ist sichtlich erleichtert. Sie beginnt Klara zu mögen.

Sofia Petrenko:
„Fragen sie, so viel Sie wollen, Frau Kommissar. Ich werde alles sagen."

KHK Ludkowitz:
„Das ist ganz wunderbar, Sofia. Vielen Dank!"

Klara überlegt kurz. Sie möchte Sofia mit ihren Fragen nicht erschrecken. Sie will sich ganz langsam an den Kern der Thematik heranpirschen.

„Als Sie nach Hamburg gekommen sind, da hat sich das Ehepaar Helmstädter doch um Sie gekümmert."

Sofia Petrenko:
„Oh ja, sie waren wie Eltern für mich. "

Klara ist überrascht von der Antwort. Die Helmstädters sind ja nicht wesentlich älter als Sofia.

KHK Ludkowitz:
„Erzählen Sie, Sofia. Was haben die beiden für sie gemacht? "

Sofia Petrenko:
„Sie haben eine Wohnung für mich und meine Alina gefunden und bei den Papieren geholfen. Und ich kann putzen in der Kirche und mit Blumen schmücken. "

In Sofias Stimme schwingt beinahe Euphorie mit, als sie Klaras Frage beantwortet.

KHK Ludkowitz:
„Da waren Sie sicher sehr dankbar, Sofia. "

Sofia nickt heftig mit dem Kopf. In ihrem Gesicht spiegelt sich Freude wieder.

„Hat Ihnen Lars Helmstädter jemals Avancen gemacht? "

Sofia schaut Klara verständnislos an.

Sofia Petrenko:
„Was ist das - Avancen? "

Dirk kommt Klara mit der Antwort zuvor:

Dirk Carstens:
„Die Frau Hauptkommissar fragt, ob Pastor Helmstädter sich Ihnen sexuell genähert hat?"

In Sofia Petrenkos Gesicht macht sich Entsetzen breit und Klara hätte ihren Kollegen am liebsten auf den Mond geschossen. Die Plumpheit des anderen Geschlechts hatte wieder einmal gnadenlos zugeschlagen. Aber nun war das Kind schon einmal in den Brunnen gefallen.

Sofia Petrenko:
„Wie können Sie mich so etwas fragen? Ich bin voll Trauer um meinen Mann. Haben Sie das vergessen? Wie können Sie glauben, dass ich dann mit Avancen herummache?"

Sofia blickt von Dirk zu Klara. Sie hat Tränen in den Augen.

„Sie haben gesagt, ich kann gehen, wann ich will. Ist das noch immer so, Frau Kommissar?"

Klara bestätigt das und Sofia steht auf. Sie verlässt den Raum, ohne sich noch einmal umzudrehen.

Als sich Tür hinter ihr geschlossen hat, wendet sich Klara an ihren Kollegen und sagt leise:

„Du bist das größte Rindvieh auf Gottes Erdboden."

*****

Der Oberstaatsanwalt hatte Klara zu sich gebeten. Wie Klara richtig vermutet hatte, war die Befragung von Sofia Petrenko der Grund dafür.

"Wissen sie, wie Feingefühl geht, Frau von Ludkowitz?"

Klara brauchte alle Kraft, um der Provokation durch Dr. Waldenberger standzuhalten. Nicht nur, dass er es – entgegen Klaras wiederholtem Wunsch, sie ohne ihren Adelstitel anzusprechen – justament wieder getan hatte, es war auch die süffisante Art des Gesagten.

"Im Gegensatz zu Ihnen weiß ich das sehr wohl, Herr Doktor."

Klaras Antwort traf den Oberstaatsanwalt mit voller Wucht und löste eine Gesichtsverfärbung bei ihm aus.

"Was erlauben Sie sich?", sagte er keuchend, *"wissen Sie nicht, wen Sie vor sich haben?"*

"Die Antwort will ich Ihnen lieber ersparen; sie würde Sie nur enttäuschen", erwiderte Klara, *"und bitte, kommen Sie zum Punkt. Ich habe zu tun und kann meine Zeit nicht damit verplempern, um ihren Animositäten Beifall zu zollen."*

Dr. Waldenberger trat augenblicklich den Rückzug an. Er musste sich einmal mehr eingestehen, dass er dieser Frau einfach nicht gewachsen war.

„Es geht um Frau Petrenko. Ein Kollege von mir, Dr. Fischer, hat mich kontaktiert, weil sich diese Dame bei ihm ausgeweint hat. Er vertritt im Auftrag der Stadt die Belange der Flüchtlinge.

Frau Petrenko hat gesagt, dass Sie sich ihr gegenüber bei der Befragung ungebührlich verhalten hätten. Sie hätten sie mit irgendwelchen Avancen beschuldigt, was immer das auch heißen möge. "

Klara sah ihren Kontrahenten an. Sie würden wohl niemals Freunde werden, und dennoch empfand sie Mitleid mit ihm. Es war ihr einfach unbegreiflich, wie dieser Mensch gerade eben eine totale verbale Kehrtwendung gemacht hatte.

Klara nahm das Friedensangebot an und antwortete:

„Da liegt ganz offenkundig ein sprachliches Missverständnis vor, Herr Oberstaatsanwalt. Ich werde mich mit diesem Dr. Fischer in Verbindung setzen und die Angelegenheit klären. "

„Wunderbar, Frau Hauptkommissar ", erwiderte Dr. Waldenberger, *„ich hatte mir schon so etwas gedacht. "*

Klara lächelte. Sie nahm die Lüge ihres Gegenübers willig an, tat sie doch keinem weh und schadete auch niemandem.

„Und was den Fall angeht, so sind wir dran. Ich hoffe, wir können bald mit Ergebnissen aufwarten. "

Der Oberstaatsanwalt nahm seinerseits vice versa Klaras Lüge entgegen, beide wünschten einander noch einen „schönen Tag" und gingen in Frieden auseinander.

*****

Die drei Ermittler traten auf der Stelle, denn weit und breit war kein Verdächtiger zu finden.

KK Heiko Stoever hatte weitere Mitbewohner des Hauses Hafenweg 17 befragt, ob Frau Petrenko öfter Besuch empfangen würde, und wenn JA, zu welcher Tages- und Nachtzeit.

Die Antworten verliefen völlig konträr zu den Aussagen von Frau Barbara König. Pastor Helmstädter sei zwar einige Male vorbeigekommen, aber nicht zu nachtschlafender Zeit. Und wenn er gekommen wäre, dann hätte er auch die anderen Familien besucht, die mit im Haus wohnen.

Klara lobte das Engagement ihres jungen Kollegen und bat ihn, er möge Frau König zu einer Befragung einbestellen.

Befragung von Barbara König:

„*Befragung von Barbara König. Anwesend sind die zu Befragende, sowie KHK Ludkowitz und KK Stoever.*"

KHK Ludkowitz:

„Frau König, ich nehme an, Sie können sich schon denken, warum wir Sie erneut befragen?"

Barbara König fühlt sich erkennbar unwohl. Sie zuckt mit den Schultern.

„Frau König, ich stelle Ihnen jetzt eine Frage, und ich rate Ihnen dringend, die Wahrheit zu sagen.

Ich mache Sie darauf aufmerksam, dass eine Falschaussage Ihrerseits als Strafvereitelung gewertet wird und eine harte Bestrafung nach sich ziehen kann."

Diese Bemerkung stimmt zwar im Kern nur bedingt, zeigt aber Wirkung. Frau König knickt ein.

Barbara König:
„Ich habe doch nur gesagt, was mir die Emma aufgetragen hat."

KHK Ludkowitz:
„Meinen Sie, Frau Emma Klein, die Haushälterin von Pastor Helmstädter?"

Barbara König nickt.

„Das müssen Sie uns näher erklären, Frau König. Was hat Ihnen Frau Klein aufgetragen?"

Barbara König:
„Die Frau Pfarrer ist unglücklich, weil die Frauen ihren Mann so anhimmeln. Er ist halt ein schöner Mann.

Und die Emma meint, dass er ein Verhältnis mit dem Flüchtling hat. Und jetzt ist die Frau Pfarrer tot."

KHK Ludkowitz schaut Frau König verständnislos an.

KHK Ludkowitz:
"Das verstehe ich nicht. Was hat der Tod von Frau Helmstädter mit dem angeblichen Verhältnis des Pastors mit Frau Petrenko zu tun?"

Barbara König:
"Keine Ahnung. Nun, vielleicht spielt die Eifersucht eine Rolle dabei."

KHK Ludkowitz wendet sich an KK Stoever und sagt: *"Ich denke, wir müssen uns dringend mit Frau Klein unterhalten."*

Danach beendet sie die Befragung und entlässt Frau König.

KHK Ludkowitz:
"Sie können gehen, Frau König. Dieses Mal lassen wir noch Gnade vor Recht ergehen; aber nächstes Mal kommen Sie nicht so glimpflich davon."

Barbara König bedankt sich und verlässt eilig den Raum. Und KK Stoevers Bewunderung für seine große Kollegin wächst ins Unermessliche.

*****

Befragung von Emma Klein:

„Befragung von Emma Klein. Anwesend sind die zu Befragende, sowie KHK Ludkowitz und KHK Carstens. "

KHK Ludkowitz:
„Frau Klein, ich nehme an, Frau König hat sie inzwischen eingehend von ihrem Besuch bei uns berichtet und was sie uns da erzählt hat. "

Die Antwort darauf erübrigt sich, weil sich im Gesicht von Frau Klein eine beginnende Errötung abzeichnet.

„Warum haben Sie uns einen solchen Bären aufgebunden, Frau Klein?

Sie wissen doch sicher, dass Ihre Falschaussage eine Bestrafung nach sich ziehen könnte. Ich sage deshalb <könnte>, weil ich Ihnen die Gelegenheit geben möchte, den Fehler wieder gutzumachen.

Natürlich nur, wenn Sie das möchten. "

Emma Klein beeilt sich, ihre Zustimmung zu geben, und Erleichterung macht sich bei ihr bemerkbar.

Emma Klein:
„Vielen Dank, Frau Kommissar. Ich weiß auch nicht, was mich da geritten hat. Die Frau Pfarrer hat mir einfach nur leidgetan. "

KHK Ludkowitz:
„Inwiefern?"

Emma Klein:
„Sie war immer nett zu allen. Und was macht der feine Herr Pastor? Er schaut anderen Frauen nach."

KOK Carstens:
„Nicht schon wieder, Frau Klein. Das hatten wir doch schon."

Emma Klein:
„Es ist aber die Wahrheit. Ich meine nicht das, mit der Frau Petrenko, aber ich bin mir sicher, dass er eine Geliebte hat."

KHK Ludkowitz:
„Das führt zu nichts, Frau Klein. Sie können gehen und demnächst bekommen Sie Post von der Staatsanwaltschaft wegen Verleumdung und Falschaussage."

Emma Klein:
„Aber Sie haben doch gesagt, dass ich den Fehler wieder gutmachen kann, wenn ich die Wahrheit sage."

KHK Ludkowitz:
„Na so etwas. Ich habe wohl ein wenig geschwindelt; da ist es mir wie Ihnen ergangen. Und jetzt verschwinden Sie!"

*****

„Was meint ihr? Hat der Herr Pastor ein Verhältnis oder nicht?"

Die drei Ermittler hatten sich zu einer Nachbesprechung zusammengesetzt.

Dirk antwortete auf Klaras Frage scherzhaft:

„Sagt man nicht, dass Pastoren immer ein Verhältnis mit ihrer Haushälterin haben?"

„Das gilt nur für katholische Priester, nicht für die evangelischen Pastoren", sagte Heiko.

„Ich frage mich, warum Emma Klein dem Pastor unbedingt eine Liebschaft anhängen will; das ist doch irgendwie komisch."

Klara hatte nur ausgesprochen, was ihre beiden Kollegen auch dachten.

„Vielleicht ist sie ja selber in ihn verliebt", sagte Heiko und fügte hinzu:

„Und deshalb wollte sie die Nebenbuhlerin aus dem Weg räumen."

„Und warum schießt sie dann nicht nur auf die Ehefrau, sondern auch auf den Pastor? Das macht doch überhaupt keinen Sinn."

Mit diesem Argument widerlegte Dirk die These seines Kollegen.

„Das führt alles zu nichts", sagte Klara, *„was wir brauchen, ist ein Motiv."*

Klara wendete sich an Heiko und fragte:

„Hast du bei der Hintergrundrecherche von den Eheleuten Helmstädter etwas Verwertbares herausgefunden?"

Heiko öffnete eine Datei auf seinem Rechner und las vor, was er recherchiert hatte:

„Lars Helmstädter, 46 Jahre alt. Gymnasium, Abitur mit Auszeichnung, danach Freiwilliger bei der Bundeswehr. Offizierslaufbahn. Abgang als Oberleutnant. Heirat mit Gerda Lüders. Theologiestudium als Spätberufener an der Uni Hamburg. Seit fünf Jahren Pastor in Alsterdorf.

Gerda Helmstädter, geb Lüders, 52 Jahre alt. Gymnasium, Abitur mit anschließendem Lehramtsstudium. Heirat mit Lars Helmstädter. Unterrichtet am Mathilde-Hansen-Gymnasium. Keine Kinder."

„Das ist ja interessant", bemerkte Dirk, *„der Herr Pastor hat gedient. Sogar als Offizier."*

Eine gewisse Häme war nicht zu überhören. Er selbst hatte bei seinem Grundwehrdienst nur bis zum „Obergefreiter der Reserve" gebracht.

„Willst du uns etwas mitteilen mit dieser Bemerkung?", sagte Klara und schickte einen fragenden Blick zu ihrem Kollegen.

„Nein, nein", kam umgehend die Antwort, *„ich finde es nur bemerkenswert, dass ein Mann das Gewehr aus der Hand legt, um danach mit dem Wort als Waffe weiterzukämpfen. Das ist alles."*

Klara lächelte. So ganz traute sie den Worten ihres Kollegen nicht. Dazu kannten sie sich schon viel zu lange.

„Das klingt für mich wie eine <vom Saulus zum Paulus – Geschichte>", sagte Heiko, worauf Klara das Ganze abkürzte mit den Worten:

„Und was bringt uns das alles? Bringt es uns das heiß ersehnte Mordmotiv? Nein! Also weiter im Text. Ich möchte, dass du, Dirk, den Pastor noch einmal besuchst und ihn befragst, und du, Heiko, wühlst weiter in der Vergangenheit herum. Es muss doch irgendetwas geben, was uns weiterhelfen kann."

*****

KHK Carstens war überrascht. Als er Lars Helmstädter im Krankenhaus besuchte, traf er auf Frau Emma Klein, die am Bett des Pastors saß und seine Hand hielt.

„Guten Tag, Frau Klein. Das ist sehr lobenswert, wie Sie sich um Ihren Chef kümmern."

Die Haushälterin zog eilig ihre Hand zurück, worauf Dirk sagte:

„Aber nicht doch, Frau Klein. Stehen Sie zu ihrer Nächstenliebe, oder soll ich <Liebe> sagen?"

„Haben Sie etwas gegen die Liebe, Herr Kommissar?", mischte sich nun der Pastor ein.

„Um Gottes willen, nein", erwiderte Dirk, *„es gibt doch wohl nichts Schöneres als die Liebe."*

„Was führt sie zu mir, Herr Kommissar?", fragte der Pastor, *„ich nehme nicht an, dass es sich um einen Krankenbesuch handelt."*

Bevor Dirk darauf antworten konnte, erhob sich Emma Klein aus ihrem Stuhl und sagte:

„Ich geh dann mal wieder, Herr Pastor, und morgen bringe ich Ihre Kleider mit."

„Danke, Frau Klein und liebe Grüße an alle."

Emma Klein warf KHK Carstens einen bösen Blick zu und verließ das Zimmer.

„Ist es normal, dass man durch Ihren Beruf abstumpft und Grundbegriffe wie Anstand und Respekt ablegt, oder war das gerade einfach nur schlechtes Benehmen?"

Pastor Lars Helmstädter hatte Dirk Carstens den Fehdehandschuh vor die Füße geworfen.

„Frau Klein ist seit vielen Jahren in meinen Diensten. Sie war schon für meinen Vorgänger tätig.

Sie ist eine verlässliche Mitarbeiterin, eine gute Christin und treu sorgende Seele. Sie verdient es nicht, verspottet zu werden."

Dirk Carstens hatte den Fehdehandschuh aufgehoben. Er sah den Pastor lächelnd an und erwiderte:

„Und ist diese treu sorgende Seele nicht den Geboten des Herrn verpflichtet?"

Der Pastor wollte antworten, aber Dirk war schneller. Er fügte hinzu:

„Ich meine im Speziellen das achte Gebot."

„Was meinen Sie damit, Herr Kommissar?"

Es war dem Pastor anzusehen, dass ihn die Worte von Dirk verunsicherten.

„Nun, Ihre treue und reine Seele hat eine gewisse Barbara König aufgefordert, in Zusammenhang mit der Ermordung Ihrer Frau, eine Falschaussage zu machen."

Dirk ließ das Gesagte wirken. Ihm war aufgefallen, dass der Pastor leicht zusammengezuckt war, als er das Wort „Falschaussage" hörte.

„Was meinen Sie mit <Falschaussage>", fragte er vorsichtig.

„Frau König hat behauptet, dass Sie ein Verhältnis mit Sofia Petrenko hätten. Ich nehme an, Sie wissen, wer das ist?"

„Natürlich kenne ich Frau Petrenko. Sie ist vor den Gräueln des Krieges geflohen und hat bei uns Zuflucht gefunden", antwortete der Pastor, und Dirk war sich in diesem Augenblick sicher, dass der Pastor kein Verhältnis mit ihr hatte. Dennoch fragte er:

„Hatten Sie ein Verhältnis mit der Frau?"

„Nein, natürlich nicht", antwortete der Pastor.

„Was glauben sie, Herr Helmstädter, hat Frau Klein bewogen, ihre Bekannte zu dieser Falschaussage zu bewegen?"

„Es tut mir leid, Herr Kommissar; aber ich habe nicht die geringste Ahnung."

Die beiden Kampfhähne hatten inzwischen ihre Visiere wieder geöffnet und sich eines friedvolleren Tones bemächtigt.

„Wie lange müssen Sie noch hier verweilen?", fragte Dirk, worauf der erstaunte Pastor antwortete:

„Ich werde morgen entlassen. Deshalb war Frau Klein auch hier. Sie muss mir einige Sachen vorbeibringen…"

*****

Klara hatte Heiko beauftragt, weitere Recherchen anzustrengen, was jedoch keine nennenswerten Ergebnisse erbrachte.

„Es ist irgendwie eigenartig", sagte Heiko, „aber von dem Lehrer gibt es keine einzige Spur. Er ist wie vom Erdboden verschluckt."

„Vielleicht liegt er gerade auf den Bahamas in der Sonne", scherzte Dirk, „es sind schließlich Schulferien."

„Ich bin da ganz bei Heiko", pflichtete Klara ihrem jungen Kollegen bei, *„vielleicht sollten wir dem etwas mehr nachgehen.*
Weißt du was, Heiko? Klopfe doch einmal sein Umfeld ab. Freunde, Schulkollegen usw. und frage, ob vielleicht irgendjemand etwas über den Verbleib von Helmut Burmester weiß."

„Soll ich auch seine Ehefrau miteinbeziehen?", fragte Heiko, worauf Klara antwortete:

„Ich denke, das hat wohl wenig Zweck. Diese alkoholgetränkte Dame ist keine Hilfe."

„Was ist mit Telefonnachweisen aller Beteiligten?", warf Dirk ein.

„Das ist eine sehr gute Idee", bestätigte Klara, *„kümmere du dich bitte darum und werte sie auch gleich aus."*

„*Es ist frustrierend*", sagte Dirk, „*wir fischen im Trüben und wissen noch nicht einmal, nach was oder nach wem wir suchen.*"

„*Cui bono? - Das ist die Gretchenfrage*", sinnierte Klara, worauf Dirk ungläubig zu Heiko schaute.

„*Das ist Latein und bedeutet: Wem nützt es, wem verschafft es einen Vorteil*", übersetzte Heiko, womit er sich gerade keine Sympathiepunkte bei seinem Kollegen verschaffte.

„*Es gibt Verlierer bei der Geschichte und es gibt einen oder mehrere Gewinner*", sinnierte Klara weiter. „*Aber wer ist das?*"

„*Die Verlierer stehen ja eindeutig fest*", sagte Dirk, „*und die Gewinner müssen wir noch finden. Lasst uns einmal darüber nachdenken, wer dafür infrage kommen könnte.*"

„*Dann fang an, Dirk!*", forderte Klara ihren Kollegen auf, und Dirk begann:

1. *Sofia Petrenko fällt aus.*
2. *Emma Klein ebenso. Kein Motiv.*
3. *Brigitte Burmester wäre denkbar, um die lästige Konkurrentin auszuschalten. Aber wieso dann der Schuss auf den Pastor?*
4. *Helmut Burmester? Mit welchem Motiv? Wenn er ein Verhältnis mit Gerda Helmstädter gehabt hat, dann hätte er den Pastor erschossen und nicht dessen Ehefrau.*

5. *Pastor Helmstädter hätte sich wohl kaum selber erschießen wollen. Und dann noch aus der Entfernung...*

Es tut mir leid, Kollegen; aber ich kann die Frage nicht beantworten. "

Dirk wandte sich an Heiko mit den Worten:

„ Und jetzt du. Vielleicht siehst du das anders als ich. "

Heiko schüttelte den Kopf.

„Lassen wir das", beendete Klara die Diskussion, *„befassen wir uns mit Telefonlisten und dem Befragen im Umfeld von Helmut Burmester.*
Ich werde mit dem Oberstaatsanwalt reden. Vielleicht genehmigt er das Abhören von den Telefonen aller Beteiligten. Viel Hoffnung mache ich mir jedoch nicht... "

*****

Die Befragungen im Umfeld von Helmut Burmester liefen alle ins Leere. Ganz egal, wen Heiko auch kontaktierte; niemand hatte eine Ahnung vom Verbleib des Lehrers.

Und wie Klara schon vermutet hatte, der Oberstaatsanwalt verweigerte die Genehmigung für eine Abhöraktion aus Mangel an Beweisen.

Dirks Durchforsten der Telefonlisten brachte zumindest einen kleinen Teilerfolg. Es war auffällig, dass Pastor Helmstädter mehrere Anrufe von einer bestimmten Nummer ins Krankenhaus bekam, die jedoch unterdrückt worden war. Es handelte sich um eine Prepaidnummer.

Und als Heiko mit einer Riesen-Überraschung aufwartete, stieg die Hoffnung des Ermittlerteams, den Fall doch noch lösen zu können, ins Unermessliche.

„Ratet einmal, was ich auf Insta[6] gefunden habe?"

„Wer oder was ist Insta?", fragte Klara.

„Das weißt du nicht?", erwiderte Heiko ungläubig, *„das weiß doch jedes Kind. Instagram ist eine Plattform im Netz, wo man seine Bilder und Videos präsentieren kann."*

Klaras gestrenger Blick ließ Heiko augenblicklich erkennen, dass er eine Spur zu weit gegangen war. Das mit dem *„das weiß doch jedes Kind"* hätte er vielleicht lieber weglassen sollen.

„Und wieso sagst du <Insta> anstatt <Instagram>? Ist dir das zu anstrengend, ein Wort in seiner ganzen Länge auszusprechen?"

---

[6] *Instagram - soziales Netzwerk mit Fokus auf Video- und Foto-Sharing*

„Jetzt zeig schon her!", mischte sich nun Dirk ein und wies dabei auf das Blatt, welches Heiko krampfhaft in der Hand hielt.

Heiko griff eilig nach dem Rettungsanker, den Dirk ihm zugeworfen hatte, und legte das Blatt auf den Tisch.

„Auf dem Bild kann man deutlich den Pfarrer mit seiner Liebsten erkennen."

Dirk nahm das Blatt auf und gab es umgehend an Klara weiter mit den Worten:

„Ich werde verrückt. Die Frau auf dem Bild ist eindeutig Brigitte Burmester, die Ehefrau unseres Lehrers."

Klara betrachtete das Bild eingehend. Dann sah sie ihre Kollegen an und sagte:

„Das ist nicht die Frau, die wir kennengelernt haben. Auf diesem Bild kann ich nichts Asoziales an ihr erkennen. Ich glaube, Frau Burmester hat mit uns gespielt. Und der gute Herr Pastor ist ihr kongenialer Partner.
Oder was meint ihr?"

„Fragen wir doch die beiden Turteltauben", erwiderte Dirk. *„Mal sehen, ob ihnen gefällt, was wir da gefunden haben."*

Klara fühlte ein unbeschreibliches Glücksgefühl. Sie hätte die ganze Welt umarmen können, beließ es aber bei einer verbalen Umarmung für ihren jungen Kollegen:

„Chapeau, Heiko; das ist allerfeinste Polizeiarbeit."

Heiko wurde verlegen. Er schaute zu Dirk, der ihm noch vor wenigen Augenblicken geholfen hatte, der Strafpredigt durch Klara zu entfliehen. Dankbarkeit lag in Heikos Blick.

„Das Lob der Chefin kannst du ruhig annehmen, mein Lieber", sagte Dirk, *„durch dich kommen wir in dem Fall endlich weiter."*

„Danke Dirk und vielen Dank, Chefin", erwiderte Heiko.

„Nichts da mit <Chefin> oder gefällt dir mein Vorname nicht?", sagte Klara lachend. *„By the way, hast du eigentlich schon deine Aufnahme in den Kreis der erfolgreichsten Ermittler bezahlt?"*

„Nein", erwiderte Heiko, *„aber das holen wir gleich heute nach Dienstschluss nach."*

*****

Die Ermittler hatten sich aufgeteilt. Sie wollten den Pastor und Brigitte Burmester zur gleichen Zeit befragen, um ihnen somit die Möglichkeit einer vorausgegangenen Absprache zu nehmen.

Befragung von Lars Helmstädter:

„Befragung von Lars Helmstädter. Anwesend sind der zu Befragende, sowie KHK Ludkowitz und KK Stoever."

KHK Ludkowitz:
„Herr Helmstädter, wir hatten ja schon mehrmals das Vergnügen, nur mit dem Unterschied, dass wir Sie heute nicht als Opfer befragen, sondern als Tatverdächtigen. Oder zumindest als Mittäter."

Pastor Helmstädter zuckt zusammen. Sein Blick ist fahrig und aus seinem Gesicht weicht jegliche Farbe. Er versucht, irritiert zu wirken, was ihm aber misslingt. Seine Stimme wirkt brüchig.

Lars Helmstädter:
„Ich verstehe gerade nicht, was Sie meinen, Frau Kommissar."

KHK Ludkowitz antwortet nicht sofort. Sie schaut den Pastor einfach nur an und lächelt. Dann sagt sie mit ruhiger Stimme:

KHK Ludkowitz:
„Sie verstehen mich ganz gut, Sie Verkünder der Zehn Gebote.
Macht Ihnen das gar nichts aus, dass Sie in der Kirche all die schönen Dinge verkünden, wie Liebe und Wahrheit, und wenn Sie dann von der Kanzel heruntersteigen, lassen Sie die Worthülsen ganz einfach dort droben zurück.
Sie predigen Wasser – und trinken Wein..."

Lars Helmstädter:
„Ich weiß noch immer nicht, was Sie mir sagen wollen, und warum ich überhaupt hier bin?"

Der Pastor versucht noch immer, den Ahnungslosen zu spielen.

KHK Ludkowitz:
„Ach, Herr Helmstädter, das ist erbärmlich. Nicht nur, dass Sie unsere Zeit stehlen, beleidigen Sie auch noch unsere Intelligenz. Glauben Sie wirklich, sie säßen hier, hätten wir nicht stichhaltige Beweise, die unsere Behauptung untermauern?"

Pastor Helmstädter schaut Klara erwartungsvoll an. Man kann erkennen, dass er hin- und herüberlegt, wie es weitergehen könnte.

Lars Helmstädter:
„Spielen Sie Karten, Frau Kommissar?"

KHK Ludkowitz:
„Ab und an."

Lars Helmstädter:
„Auch Poker?"

KHK Ludkowitz:
„Kommt schon einmal vor."

Lars Helmstädter:
„Dann wissen Sie, dass bluffen ein wesentlicher Bestandteil dieses Spieles ist. Und Sie beherrschen diese Kunst auf keinen Fall."

Pastor Lars Helmstädter hat sich wieder fest im Griff. Er ist überzeugt davon, dass Klara ihn lediglich aufs Glatteis führen will.

KHK Ludkowitz:
„Dann passen Sie einmal gut auf, Sie Pokerface."

Und mit den Worten *„Das ist ein Royal Flush"*[7] knallt Klara dem Pastor das Blatt mit der Fotografie auf den Tisch, das ihn in trauter Gemeinsamkeit mit Brigitte Burmester zeigt.

Der Pastor betrachtet das Bild, das er noch nie zuvor gesehen hat. Er stammelt ein paar unverständliche Worte vor sich hin, die er mehrmals wiederholt. Aus seinem Mund rinnt Speichel.

KHK Ludkowitz:
„Ich kann sie nicht verstehen, Herr Helmstädter. Sprechen Sie bitte etwas lauter."

Lars Helmstädter:
„Ich will einen Anwalt..."

KK Heiko Stoever ist begeistert. Was er da gerade erlebt hat, lässt seine Bewunderung für seine Chefin bis in den Himmel wachsen. Eines ist sicher: Genauso möchte er einmal werden.

Zur selben Zeit in einem anderen Raum.

---

[7] *Der Royal Flush ist die stärkste Pokerhand ist. Er besteht aus Zehn, Bube, Dame, König, Ass in einer Farbe.*

Befragung von Brigitte Burmester:

„Befragung von Brigitte Burmester. Anwesend sind die zu Befragende, sowie KOK Carstens."

KOK Carstens:
„Moin, moin, Frau Burmester. Wie geht es Ihnen?"

Brigitte Burmester reagiert nicht auf die joviale Begrüßung durch KOK Carstens.

„Ich soll Sie recht lieb von Pastor Helmstädter grüßen. Er sitzt nebenan und schwitzt gerade so wie Sie."

Brigitte Burmester:
„Wieso bin ich hier? Ich habe Ihnen alles gesagt, was ich weiß."

KOK Carstens:
„Das glaube ich kaum, Frau Burmester. Sie haben uns zum Beispiel verschwiegen, dass Sie eine Liaison mit dem Pastor haben.
Und bevor Sie es leugnen, der Pastor hat es gerade meiner Kollegin gestanden."

KOK Carstens legt zur Bekräftigung das Bild als Beweis vor.

Brigitte Burmester:
„Na und? Das ist ja wohl nicht strafbar. Oder?"

Dirk Carstens lacht. Sein Bluff, dass der Pastor die Liebschaft gestanden hat, hat funktioniert.

KOK Carstens:
„Da haben Sie völlig recht, Frau Burmester. Eine Liaison ist kein Strafbestand; hingegen Irreführung der Behörde allemal.
Wir haben das Schmierentheater, das Sie aufgeführt haben, durchschaut. Jetzt ist es an der Zeit, die Wahrheit zu sagen. Was haben Sie mit der Ermordung von Frau Helmstädter zu tun und wo befindet sich Ihr Ehemann?"

Die Überheblichkeit von Frau Burmester weicht einer Angst, die sich gerade bei ihr breitmacht.

Brigitte Burmester:
„Mit Gerdas Ermordung habe ich nichts zu tun, und wo mein Ehemann ist, das weiß ich wirklich nicht. Das müssen Sie mir glauben."

KOK Carstens:
„Und wer war es dann? Haben Sie vielleicht irgendeinen Verdacht?"

Brigitte Burmester zuckt erst mit den Schultern, sagt dann aber:

Brigitte Burmester:
„Wie wäre es mit meinem Ehemann? Vielleicht wollte er mit Gerda schlussmachen. Es kommt zum Streit und dann erschießt er sie."

KOK Carstens:
„Ein interessanter Gedanke, Frau Burmester. Sie müssen Ihren Ehemann schon sehr hassen, dass Sie das sagen.

Besitzt Ihr Ehemann eine Waffe?"

Brigitte Burmester:
„Das weiß ich nicht; aber eine Pistole kann man heutzutage ja im Internet bestellen, nicht wahr?"

KOK Carstens:
„Wo waren Sie eigentlich an dem Abend, als Gerda Helmstädter erschossen wurde?"

Die Befragte lacht. Es hat den Anschein, als freute sie sich.

Brigitte Burmester:
„Ich habe das beste Alibi der Welt. Ich habe die Nacht im Krankenhaus verbracht. Das können sogar Ihre Kollegen bestätigen.
Eine Nachbarin hat mich angezeigt, weil die Musik zu laut war. Dabei habe ich nur ein wenig gefeiert.
Und dann bin ich auch noch gestürzt und musste ins Krankenhaus gebracht werden.
Das können Sie gern überprüfen, Herr Kommissar."

KOK Carstens:
„Das machen wir, Frau Burmester. Was haben Sie denn gefeiert?"

Brigitte Burmester:
„Mein Leben, Herr Kommissar. Mein beschissenes Leben..."

*****

So groß die Freude über die gefundene Fotografie auch war; wirklich weitergebracht hatte das die Ermittler nicht.

Da musste erst eine Zufallsentdeckung her; aber die hatte es in sich.

Ein Spaziergänger war mit seinem Hund etwas abseits der vorgegebenen Waldwege unterwegs, als der Hund an einer Stelle anfing, zu graben.

Und was dabei zutage kam, war höchst erschreckend. Plötzlich ragte die Hand eines Menschen aus dem Boden.

Die Rechtsmedizin kam sehr schnell zu einem Ergebnis: Es war der Körper von Helmut Burmester.

„Kannst du uns schon etwas über die Todesursache von Helmut Burmester sagen?"

KOK Dirk Carstens hatte mit KK Stoever, den Gerichtsmediziner Dr. Höflein aufgesucht.

„Kann ich, mein lieber Dirk. Aber sag mir bitte, wo habt ihr die wunderbare Frau von Ludkowitz gelassen? Warum beraubt sie mich ihrer Gegenwart?"

So sehr Dirk den Mediziner schätzte, sie waren ja schließlich auch schon seit geraumer Zeit per „DU", so sehr nervte ihn manchmal das „Österreichische" an dem Mann. Etwas weniger würde auch reichen.

„Die Chefin lässt schön grüßen; aber sie musste überraschenderweise zum Zahnarzt," erhellte KK Stoever den Mediziner.

„Aber, aber; das tut mir leid", erwiderte Dr. Höflein und wandte sich dann der Leiche zu.

„Wir haben es hier mit einem klassischen Giftmord zu tun. Irgendwelche äußeren Verletzungen gibt es keine. "

„Kannst du uns Näheres darüber sagen? ", fragte Dirk.

„Nun, es handelt sich wohl um Insulin, mein Lieber ", antwortete Dr. Höflein.

„Das ist doch für Diabetiker? ", fragte Heiko Stoever überrascht, *„und damit kann man jemand umbringen? "*

„Kann man, mein junger Freund", erwiderte der Mediziner, *„wenn man es richtig dosiert und wenn das Opfer selbst keinen Diabetes hat. "*

„Aber wie verabreicht man eine Spitze, ohne dass es das Opfer bemerkt? "

Diese Frage überraschte den Arzt wie Dirk gleichermaßen. Ein Kriminalist sollte die Antwort eigentlich selber wissen.

„*Man betäubt ihn vorher oder setzt ihn anderweitig außer Gefecht. Zum Beispiel mittels K.O.-Tropfen.*"

„*Haben Sie die in der Leiche gefunden?*", fragte Heiko weiter.

„*Nein, mein Lieber, das ist nur bis maximal sechs Stunden nach Verabreichung möglich.*"

„*Du glaubst, das Opfer wurde zuerst betäubt und dann gespritzt?*", fragte Dirk den Arzt.

„*Vermutlich ja*", antworte Dr. Höflein, „*die Einstichstelle ist noch sichtbar.*"

„*Und wie lange ist das her?*"

Der Gerichtsmediziner wiegte den Kopf hin und her, als er antwortete:

„*Ich vermute einmal, mindestens vier bis sechs Wochen. Aber lege mich nicht fest. Da spielen viele Faktoren eine Rolle. Zum Beispiel Wetter, Bodenkonsistenz, etc.*"

„*Vielen Dank, Doc! Ich denke, wir haben da schon eine Verdächtige*", sagte Dirk und wandte sich zum Gehen.

„*Eine Frau also*", erwiderte der Doktor.

„*Bei Giftmord kommt doch immer eine Frau an erster Stelle*", sagte Dirk lachend, „*ist es nicht so?*"

„Wohl wahr, mein Freund. Grüße bitte Frau von Ludkowitz von mir und richte ihr gute Besserung aus!"

„Das mache ich, Doc; und vielen Dank!"

*****

KHK Ludkowitz hatte - aufgrund der neuen Faktenlage - beim Oberstaatsanwalt durchsetzen können, dass dieser einer Telefonüberwachung von Brigitte Burmester zustimmte.

Und diese Maßnahme sollte schon sehr bald Ergebnisse bringen.

Gesprächsmitschnitt Anruf von Brigitte Burmester zu Lars Helmstädter:

Lars Helmstädter: *„Was willst du? Ich habe dir doch gesagt, du sollst mich nicht anrufen."*

Brigitte Burmester: *„Die haben Helmut gefunden."*

Lars Helmstädter: *„Na und?"*

Brigitte Burmester: *„Und wenn die das herausfinden mit dem Insulin?"*

Lars Helmstädter: *„Sollen sie doch."*

Brigitte Burmester: *„Lass mich jetzt ja nicht hängen."*

Lars Helmstädter: *„Das mache ich nicht, mein Liebling. Sobald die Versicherung gezahlt hat, setzen wir uns in den Flieger und ab ins Paradies."*

Brigitte Burmester: *„Liebst du mich?"*

Lars Helmstädter: *„Frag nicht so blöd, Brigitte. Und ruf mich ja nicht mehr an. Bleib einfach ruhig und verlier nicht die Nerven. Die können uns gar nichts..."*

Die drei Ermittler hatten den Gesprächsmitschnitt mehrmals hintereinander angehört.

„Jackpot! Jetzt haben wir sie."

Heiko hatte es gleich nach dem ersten Abhören euphorisch ausgesprochen.

„Nicht so voreilig, Heiko", erwiderte Klara, *„erstens ist das nicht verwendbar, und zweitens hat keiner von beiden dezidiert einen Mord gestanden."*

„Aber es ist doch offenkundig, dass die beiden die Pfarrersfrau und den Lehrer ermordet haben", legte Heiko entrüstet nach.

„So offenkundig ist das nicht, Heiko", mischte sich nun Dirk ein, *„und wer hat wen ermordet? Brigitte den Lehrer und der Pastor die Ehefrau oder war es vielleicht umgekehrt?"*

„*Schluss, ihr zwei*", beendete Klara den Disput, „*wir arbeiten nach Fakten und nicht nach Vermutungen.*

Ich will wissen, wie Brigitte Burmester an das Insulin gekommen ist, denn es ist schließlich ein verschreibungspflichtiges Medikament. Darum kümmerst du dich, Heiko.

Und du, Dirk, du holst mir schleunigst Brigitte Burmester zum Verhör. Und mache es recht auffällig. Mit Blaulicht und Trara."

*****

Befragung von Brigitte Burmester:

„*Befragung von Brigitte Burmester. Anwesend sind die zu Befragende, sowie KHK Ludkowitz und KOK Carstens.*"

KHK Ludkowitz:
„*Es sieht gar nicht gut für Sie aus, Frau Burmester. Zwei Morde: erst den armen Ehemann und dann die Nebenbuhlerin. Da kommt ganz schön was zusammen. Ich tippe auf lebenslänglich. Was meinst du?*"

KHK Ludkowitz wendet sich mit der Frage an ihren Kollegen.

KOK Carstens:
„*Das sehe ich genauso.*"

Brigitte Burmester:
„Damit habe ich nichts zu tun."

KHK Ludkowitz:
„Was genau meinen Sie, Frau Burmester? Mit dem Mord an Ihrem Ehemann oder an Frau Helmstädter?"

Brigitte Burmester:
„Mit allen beiden."

KHK Ludkowitz:
„Das ist doch Unsinn, Frau Burmester, und das wissen Sie auch. Von Ihrem Hausarzt wissen wir, dass Sie Diabetikerin sind. Und wir wissen auch, dass Sie eine größere Menge Insulin verordnet bekommen haben, als Sie normalerweise benötigen."

Brigitte Burmester reagiert nicht. Sie starrt nur regungslos auf den Boden.

KOK Carstens:
„Das war gar nicht klug, Frau Burmester. Sie hätten die zusätzliche Menge Insulin unter der Hand besorgen sollen."

Die süffisante Art des Gesagten lockt Brigitte Burmester aus der Reserve.

Brigitte Burmester:
„Das sind haltlose Beschuldigungen, Herr Kommissar. Ich hatte mein Insulin verloren und brauchte Ersatz. Das weiß auch mein Hausarzt."

KOK Carstens:
„Das ist Bullshit, Frau Burmester. Dieses Märchen glaubt Ihnen noch nicht einmal Ihr Hausarzt und wir schon gar nicht."

Brigitte Burmester:
„Ich werde Sie alle verklagen. Sie wegen Verleumdung und meinen Hausarzt, weil er das Arztgeheimnis verletzt hat."

In Brigitte Burmesters Stimme schwingt Überheblichkeit mit. Ihre Pupillen sind erweitert. Es ist, als mache sie gerade eine Persönlichkeitsveränderung durch.

KHK Ludkowitz:
„Haben Sie etwas genommen, Frau Burmester?"

Brigitte Burmester wirkt zusehend fahrig. Ihr Blick geht unruhig hin und her. Plötzlich steht sie auf und starrt auf KHK Ludkowitz.

Brigitte Burmester:
„Was unterstellen sie mir da? Ich werde jetzt augenblicklich den Raum verlassen."

KHK Ludkowitz:
„Das glaube ich kaum. Wir machen jetzt erst einmal einen Drogentest."

*****

Das Ergebnis von Brigitte Burmesters Drogentest war positiv. Sie wurde unter dem Verdacht „Tötung des Helmut Burmester mittels Insulin" in Untersuchungshaft verbracht.

„Was machen wir mit dem Pastor?", fragte Dirk, *„konfrontieren wir ihn mit dem Telefonmitschnitt?"*

„Nein", erwiderte Klara, *„wir haben das bei Brigitte Burmester nicht gemacht und wir werden das auch nicht bei dem Pastor machen. Es ist unser Trumpfass, und das halten wir in der Hinterhand."*

„Aber es ist doch offensichtlich, dass der Pastor Dreck am Stecken hat", warf Heiko ein.

„Natürlich Heiko", sagte Klara, *„aber das Telefongespräch ist zu wenig. Das würde uns jeder Anwalt um die Ohren hauen. Was wir brauchen, sind stichhaltige Beweise oder ein Geständnis."*

„Aber wir können doch davon ausgehen, dass Brigitte Burmester ihren Gatten ermordet hat, dass sie ein Liebesverhältnis mit dem Pastor hat, und dass sie die Ehefrau des Pastors erschossen hat."

Heiko wollte einfach nicht einsehen, dass der Pastor nicht verhaftet werden soll.

„Du vergisst eines, Heiko", erwiderte Klara, *„für den Mord an Gerda Helmstädter kommt Brigitte Burmester nicht infrage. Sie hat ein Alibi für die Tatzeit."*

„*Das ist zum Verrücktwerden*", sagte Heiko, „*der Pfaffe rennt frei herum, obwohl er in die Mordgeschichte verwickelt ist.*"

Der ganze Frust lag in Heikos Worten, und Klara rief ihn zur Ordnung:

„*Achte auf deine Wortwahl in meiner Gegenwart, junger Mann. Du weißt, ich dulde so etwas nicht.*"

„*Aber recht hat er schon*", pflichtete Dirk seinem Kollegen bei, „*das musst du zugeben.*"

Klara sah Dirk an und lächelte, und Dirk wertete das als Zustimmung.

„*Wer hat Gerda Helmstädter ermordet und wer hat auf den Pastor geschossen? Das ist die 1-Million-Frage.*"

Klara hatte es zu sich selbst gesagt, und doch war es auch in den Köpfen ihrer beiden Kollegen angekommen…

*****

Schon nach wenigen Tag bekamen die Ermittler Hilfe von unerwarteter Seite. Brigitte Burmester bat um ein Gespräch mit KHK Klara Ludkowitz.

KHK Ludkowitz:

„*Sie wollten mich sprechen, Frau Burmester? Was kann ich für Sie tun?*"

Brigitte Burmester:

„*Ich tue etwas für Sie, wenn Sie im Gegenzug etwas für mich tun.*"

KHK Ludkowitz:

„*Und was wäre das?*"

Brigitte Burmester:

„*Ich werde Ihnen den ehrenwerten Herrn Pastor Helmstädter auf dem Silbertablett servieren.*"

In der Art und Weise, wie Brigitte Burmester den Namen des Pastors nennt, schwingt deutlich erkennbar Verachtung mit.

KHK Ludkowitz:

„*Woher kommt dieser plötzliche Sinneswandel, Frau Burmester?*"

Brigitte Burmester:

„*Ich hatte genügend Zeit, darüber nachzudenken. Der Schuft hat mich hängenlassen. Er hat mich nicht ein einziges Mal besucht, seitdem ich hier bin. Und das, obwohl er mir gesagt hat, dass er mich liebt.*"

KHK Ludkowitz:

„*Und was erwarten Sie dafür?*"

Brigitte Burmester denkt lange darüber nach, bevor sie antwortet.

Brigitte Burmester:
„Ich erwarte gar nicht so viel für mich. Ich möchte nur, dass Lars dafür büßt, dass er mit mir nur gespielt hat. Ich habe ihn wirklich geliebt, und er hat mich nur benützt."

KHK Ludkowitz:
„Ich kann Ihnen versprechen, dass wir alles daransetzen werden, Lars Helmstädter seiner gerechten Strafe zuzuführen. Und ich werde beim Staatsanwalt ein gutes Wort für Sie einlegen.

Aber bevor wir den Deal durchführen, brauche ich ein Geständnis von Ihnen, dass Sie Ihren Ehemann getötet haben."

Brigitte Burmester:
„Das werde ich nicht tun, weil ich es nicht war."

KHK Ludkowitz:
„Dann tut es mir leid, Frau Burmester; dann gibt es auch keinen Deal."

KHK Ludkowitz bittet ihren uniformierten Kollegen, Frau Burmester in ihre Zelle zurückzubringen.

*****

Der Oberstaatsanwalt hatte gerufen und KHK Klara Ludkowitz war erschienen.

100

„Wann kann ich endlich Anklage gegen Brigitte Burmester erheben, und was ist mit dem Mord an Gerda Helmstädter?"

Dr. Waldenberger war sichtlich bemüht, seiner Stimme Autorität zu verleihen, was jedoch nicht wirklich zum Ausdruck kam.

„Ich hatte gedacht, sie kennen die Spielregeln, Herr Dr. Waldenberger", antwortete Klara auf die Frage des Oberstaatsanwalts, *„ohne Zeugen oder Geständnis – keine Anklage. Oder haben sich die Regeln geändert, und ich habe das nicht mitbekommen?"*

Es war die Klarheit und die Festigkeit in Klaras Stimme, welche dem Oberstaatsanwalt einen kalten Schauer über den Rücken jagte.

Obwohl Klara altersmäßig seine Mutter hätte sein können, fühlte sich Dr. Waldenberger stark zu Klara hingezogen. Er bewunderte diese Frau über die Maße.

„Natürlich nicht, verehrte Frau von Ludkowitz, ich hatte nur gedacht, dass Sie die Nuss knacken würden. Sie sind ja doch unser bestes Pferd im Stall."

Klara sah ihr Gegenüber an und sie musste sich sehr beherrschen, um nicht ihr Innerstes nach außen dringen zu lassen.

Sie mochte den jungen Juristen, und ihr war auch nicht entgangen, dass dieser für sie Gefühle hegte. Aber es stand völlig außer Frage, dass sie seine Gefühle noch nicht einmal ansatzweise erwiderte, sondern sie vielmehr als höchst amüsant empfand.

„Es schmeichelt mir sehr, Herr Dr. Waldenberger, dass Sie meine Person mit diesem edlen Tier in Verbindung bringen, obwohl es mir bis auf den heutigen Tag noch nicht gelungen ist, wiehern zu können.

Aber ich werde weiterhin daran arbeiten; das verspreche ich Ihnen."

Die Gesichtsfarbe des Oberstaatsanwalts veränderte sich augenblicklich. Er wünschte, er hätte das nie gesagt. Sein einziger Gedanke war: Flucht.

„Nun, wenn sonst nichts mehr anliegt, Frau von Ludkowitz, dann danke ich Ihnen und wünsche Ihnen noch einen schönen Tag."

„Den wünsche ich Ihnen auch, Herr Oberstaatsanwalt und danke! Es war wieder einmal ein anregendes Gespräch."

Mit diesen Worten erhob sich Klara, schenkte ihrem Gesprächspartner noch ein Lächeln und verließ den Raum. Zurück blieb ein junger Mensch, der sich in einem Gefühl der Verlegenheit und Peinlichkeit verkroch.

*****

„Was wollte Waldi? "

Heiko erschrak, als Dirk das fragte. Er hatte ja bereits das Vergnügen der falschen Wortwahl, was ihm damals eine Rüge durch Klara einbrachte. Aber dieses Mal passierte nichts.

„Er hatte wohl Sehnsucht nach meiner Gesellschaft", antwortete Klara lächelnd, *„denn wirklich Relevantes hatte er mir nicht anzubieten. "*

Heiko verstand gerade nicht, was da eben passiert war. Wieso durfte Dirk den Oberstaatsanwalt ungestraft <Waldi> nennen, er hingegen musste sich maßregeln lassen?

Dirk sah das enttäuschte Gesicht seines jungen Kollegen und ahnte, was in Heiko vorging. Er sagte:

„So ist das nun einmal: Quod licet Iovi, non licet bovi. "[8]

Heikos Gesicht wurde immer länger. Er erkannte zwar, dass es Latein war, was er da gerade hörte, aber trotz Abitur vermochte er es nicht zu übersetzen. Er hatte Latein nur als Wahlfach und seine Kenntnisse waren eher rudimentär.

So blieb ihm nur der Weg der scheinbaren Erkenntnis. Er nickte ganz einfach…

---

[8] *„Wenn zwei das Gleiche tun, dann ist es noch lange nicht Dasselbe.."*

Klara sah ihre Kollegen erwartungsvoll an.

„Wir müssen einen Weg finden, um Brigitte Burmester dahin zu bringen, dass sie den Pastor belastet."

„Wie wäre es, wenn wir ein Strohfeuer entfachen?", sagte Heiko.

„Was genau meinst du damit?", fragte Dirk.

„Wir beziehen die Öffentlichkeit mit ein."

„Das geht nicht und das bringt auch nichts", verwarf Klara Heikos Vorschlag augenblicklich, *„wir müssen Brigitte Burmester einen größeren Knochen hinwerfen."*

„Und was verstehst du darunter?", fragte Dirk.

„Das weiß ich noch nicht", erwiderte Klara, *„aber mir wird schon etwas einfallen."*

Eine Meldung in der größten Schlagzeilen-Journaille, die am übernächsten Tag zu lesen war, nahm Klara die Entscheidung ab:

Alsterdorf: Neue Erkenntnisse im Fall Helmstädter. Die Geliebte B.H. und mutmaßliche Mörderin ihres Ehemanns belastet den Pastor schwer.

Das war wie der Stich in ein Wespennetz, und die Frage tat sich auf:

„Wer hatte die Presse mit diesen Fake News ge-
füttert?"

*****

„Ich muss unbedingt die Frau Kommissar sprechen."

Frau Emma Klein stand am Empfang des LKA
und unterstrich ihre Forderung durch einen grimmigen
Gesichtsausdruck.

„In welcher Angelegenheit?", fragte der Beamte,
gemäß seiner Dienstvorschrift.

„Das geht Sie überhaupt nichts an", erwiderte
Emma Klein barsch, *„rufen Sie sie einfach nur an und
sagen ihr, dass die Haushälterin von Pastor
Helmstädter da ist."*

Als der Beamte die Worte „Pastor Helmstädter"
hörte, griff er umgehend zum Telefon und meldete
den Besuch von Emma Klein.

Ein weiterer Beamte holte Frau Klein ab, beglei-
tete sie zu einem Vernehmungsraum und bat sie, einen
kleinen Moment zu warten.

Als KHK Ludkowitz mit KK Stoever den Raum
betrat, fragte Emma Klein, warum sie in einen Vernehmungsraum geführt worden war, sie hätte doch
lediglich eine Mitteilung zu machen.

„Das ist das übliche Prozedere, Frau Klein",
antwortete Klara und aktivierte das Aufnahmegerät.

Befragung von Anna Klein:

„Befragung von Anna Klein. Anwesend sind die zu Befragende, sowie KHK Ludkowitz und KK Stoever."

KHK Ludkowitz:
„Frau Klein, was führt Sie zu uns?"

Anna Klein fühlt sich sichtlich unwohl. Sie beginnt zu bereuen, dass sie den Entschluss gefasst hat, hierher zu kommen.

KHK Ludkowitz:
„Nun, Frau Klein, was wollen Sie uns mitteilen? Ich sehe Ihrem Gesichtsausdruck an, dass Ihnen etwas auf der Seele lastet. Habe ich recht?"

KK Heiko Stoever ist einmal mehr von seiner Chefin begeistert. Er bewundert sie, wie sie sich auf eine subtile Art in den Kopf von Emma Klein schleicht.

Emma Klein:
„Es geht um Brigitte Burmester."

Hier stockt Emma Klein. Sie fühlt sich, als wäre sie in eine Sackgasse gefahren und könnte nicht mehr umkehren.

KHK Ludkowitz:
„Ja? - Was ist mit Brigitte Burmester?"

Emma Klein:
„Sie lügt. Sie ist gar nicht seine Geliebte."

KHK Ludkowitz fixiert Emma Klein mit ihrem Blick. Dann sagt sie ganz langsam:

KHK Ludkowitz:
„Und das wissen Sie – weil...? "

Emma Klein:
„Weil ich die Geliebte von Lars bin. "

In Klaras Kopf verfallen die Gedanken gerade in Unruhe. Es gilt jetzt, dieses Momentum mitzunehmen, um das Optimum herauszuholen.

KHK Ludkowitz:
„Seien Sie mir nicht böse, liebe Emma, das kann schließlich jeder von sich behaupten. Und der Pastor und die Lehrerehefrau geben schon ein sehr schönes Paar ab. Und intellektuell gesehen, passen sie ja auch gut zusammen. "

Das ist der Zündfunke, der die Explosion auslöst. Eine unbezähmbare Wut steigt in Emma Klein auf und sie kann sich nicht mehr länger zurückhalten. Sie springt auf.

Emma Klein:
„Das ist doch Blödsinn. Ich habe für ihn seine Frau erschossen und nicht diese blöde Kuh. Er hat mir versprochen, dass wir mit dem Geld weit weg von hier ein neues Leben anfangen. "

Die Überraschung ist perfekt. KHK Klara Ludkowitz hat die Falle aufgestellt, und Emma Klein ist hineingetappt. Aber mit diesem Ergebnis hatte keiner gerechnet.

KHK Ludkowitz:
„Sie haben gerade den Mord an Gerda Helmstädter gestanden. Bleiben Sie bei dieser Aussage?"

Emma Klein:
„Ja."

KHK Ludkowitz:
„Frau Klein, sagen Sie das nicht nur, um Brigitte Burmester zu diskreditieren?"

Emma Klein:
„Was immer das auch bedeutet, das mit dem <diskreditieren>, ich habe die Wahrheit gesagt."

KHK Ludkowitz:
„Ich bin mir nicht sicher, ob ich Ihnen das glauben soll, Emma...
Schildern Sie uns doch einmal den Tathergang. Überzeugen Sie uns, dass Sie die Wahrheit sagen. Wie ist das Ganze abgelaufen?"

Emma Klein:
„Lars hat gesagt, dass wir die Lebensversicherung kassieren und dann abhauen. Aber vorher müssen wir seine Ehefrau beseitigen."

Klara sieht Emma Klein eindringlich an. Irgendetwas stört sie an dem Gesagten. Es ist die „wir"-

Formulierung und auch die Art des Tonfalls, mit dem sie es gesagt hat. In Klara steigt ein Verdacht auf.

KHK Ludkowitz:
„Haben Sie die Frau erschossen oder der Pastor?"

Emma Klein ringt schwer mit sich. Sie liebt ihren Lars noch immer, obwohl er sie betrogen und belogen hat. Den Traum an eine gemeinsame Zukunft hat sie schon längst begraben.

Emma Klein:
„Lars hat Gerda erschossen und ich habe auf Lars geschossen."

Klara sieht zu Heiko. Mit dieser Antwort hat keiner von ihnen gerechnet. Heiko ist aufgeregt. Er ist hochgradig nervös und verwirrt.

Heiko Stoever:
„Können Sie überhaupt schießen?"

Emma Klein:
„Ich war in jungen Jahren Schützenkönigin. Das ist zwar sehr lange her; aber das verlernt man nicht."

In Emmas Stimme schwingen Wehmut und ein wenig Stolz mit.

KHK Ludkowitz:
„Woher stammen die Fußspuren vor dem Fenster, Schuhgröße 42?"

Emma Klein lächelt.

Emma Klein:
„Das war meine Idee. Ich habe mir Schuhe von Lars ausgeborgt und sie ein wenig ausgestopft. Mit ihnen bin ich dann aus dem Fenster geklettert. Das war doch genial, oder?"

KHK Ludkowitz:
„Und welche Rolle spielte Brigitte Burmester dabei?"

Emma Klein:
„Gar keine. Sie war nur eine Schachfigur, die Lars benützt hat, um von sich abzulenken. Die dumme Kuh hat wirklich geglaubt, Lars würde sie lieben."

Heiko Stoever:
„Genauso wie Sie."

Der böse Blick von Klara zeigt Heiko auf, dass seine Zunge wieder einmal schneller als sein Hirn war.

Emma Klein beginnt zu weinen, und Heiko bereut seine dumme und voreilige Bemerkung.

KHK Ludkowitz:
„Frau Klein, ich nehme Sie fest wegen des Verdachts der schweren Körperverletzung und der Mittäterschaft an der Ermordung von Gerda Helmstädter."

*****

Die neueste Entwicklung im Fall „Helmstädter" hatte für ordentlich Furore gesorgt.

So sehr sich Klara über den Whistleblower geärgert hatte, der ja nur aus den eigenen Reihen stammen konnte, so sehr war sie davon überzeugt, dass dadurch der Stein ins Rollen gekommen war.

Pastor Helmstädter wurde sofort, nach dem Geständnis von Emma Klein, in Haft genommen. Er leistete nicht den geringsten Widerstand.

Klara hatte sich die ganze Zeit über gefragt, was wirklich hinter der Ermordung von Gerda Helmstädter stand.

Die Sache mit der Lebensversicherung war nachvollziehbar. Aber mit wem wollte er danach durchbrennen, wenn überhaupt?

Brigitte Burmester war es auf gar keinen Fall und die arme Emma Klein schon überhaupt nicht.

War es am Ende vielleicht doch Sofia Petrenko, die hübsche, junge Frau aus der Ukraine?

Klara hatte die Frage auch an Dirk und Heiko gestellt; aber eine wirklich passende Antwort kam auch von ihnen nicht . Aber vielleicht würden sie die Antwort darauf auch von Pastor Helmstädter bekommen…

*****

Befragung von Lars Helmstädter:

„Befragung von Lars Helmstädter. Anwesend sind der zu Befragende, sowie KHK Ludkowitz und KOK Carstens. "

KHK Ludkowitz:
„Herr Helmstädter, haben Sie Ihre Ehefrau, Gerda Helmstädter, ermordet? "

Lars Helmstädter:
„Ich möchte ein umfassendes Geständnis ablegen, Frau Kommissar. "

Diese Worte überraschen die Ermittler. Klara hatte eher das Gegenteil erwartet. Sie macht eine einladende Handbewegung.

KHK Ludkowitz:
„Dann schildern Sie uns doch bitte den genauen Tathergang. "

Lars Helmstädter:
„Ich habe meine Frau erschossen und danach habe ich auf mich selbst geschossen. "

KHK Ludkowitz:
„Frau Klein hat uns das aber ganz anders erzählt. Sie hat gestanden, dass Sie, Herr Helmstädter, zwar Ihre Ehefrau erschossen haben, hingegen Ihre Schusswunde von Frau Klein stammt.

Und bevor Sie weiter das achte Gebot missbrauchen, denken Sie daran, dass wir inzwischen im 21. Jahr-

112

hundert angekommen sind, und dass sich sehr genau festgestellen lässt, aus welcher Entfernung ein Schuss abgegeben wurde.

Sie können überhaupt nicht selbst auf sich geschossen haben. "

Lars Helmstädter:
„Ich wollte nur Frau Klein beschützen. Sie ist eine so treue Seele. "

KHK Ludkowitz:
„Ich glaube, das ist das erste wahre Wort aus Ihrem Mund, Herr Pfarrer. "

Klara beginnt Abscheu wider den Mann zu empfinden, der den Menschen Sonntag für Sonntag „das Wort Gottes" verkündet, und doch selbst ein arger Sünder ist.

KHK Ludkowitz:
„Finden Sie nicht auch, dass es an der Zeit ist, endlich die ganze Wahrheit zu sagen; auch als kleine Wiedergutmachung an der Frau, die Sie auf das Übelste missbraucht haben, und die noch immer an die Liebe glaubt. "

Lars Helmstädter:
„Wen meinen Sie? "

KHK Ludkowitz:
„Brigitte Burmester ganz bestimmt nicht. Sie war schon bereit, Sie ans Kreuz zu nageln. Ich meine Frau Klein. "

Lars Helmstädter:

„Also gut. Ich habe meine Ehefrau ermordet, weil ich sie nicht mehr ertragen habe. Ich wollte mit Brigitte Burmester ein neues Leben beginnen. Von ihr stammt auch der Plan, ich solle meine Ehefrau ermorden, um so an die Lebensversicherung zu kommen.
Im Gegenzug dazu hat sie ihren Ehemann ermordet, um für mich frei zu sein. Danach wollten wir gemeinsam in ein Land auswandern, das nicht ausliefert. "

KHK Ludkowitz:

„Ich glaube, ich muss mich gleich übergeben.
Wie ist es möglich, dass ein Mann das Amt eines Pastors ausübt, der skrupellos seine eigene Frau ermordet und lügt, sobald er den Mund aufmacht.

Das Einzige, was ich Ihnen glaube, ist der Mord an Ihrer Ehefrau. Was die Ermordung des Lehrers angeht, so bin ich davon überzeugt, dass Sie die treibende Kraft waren und nicht Frau Burmester.

Ich frage mich gerade, ob Sie mit normalen Maßstäben zu messen sind oder ob Sie ein Fall für die Psychiatrie sind. "

Pastor Lars Helmstädter schaut Klara ins Gesicht und lächelt. Dann legt er seinen Kopf leicht auf die Seite und faltet seine Hände.

KHK Ludkowitz:

„Wer frei von Schuld ist, der werfe den ersten Stein.
Vater unser im Himmel… "

Jetzt wird es Klara zu viel. In ihrem Gesicht kann man die blanke Wut erkennen. Sie steht auf, und mit den Worten *„ich muss gehen; sonst vergesse ich mich noch"* verlässt sie den Raum.

*****

Und wieder einmal überschlugen sich die Medien mit der Meldung:

„Monster im schwarzen Talar - Pastor ermordet die eigene Ehefrau."

Oberstaatsanwalt Dr. Waldenberger sonnte sich im Erfolg der Ermittler. Daran vermochte auch der Aufschrei seitens der Kirchenführung nichts zu ändern, die sich über die Meldungen in der Presse schockiert zeigte. „Waldi" ließ keine Gelegenheit aus, sich vor Kamera und Mikrofon in Szene zu setzen.

KHK Klara Ludkowitz war nicht wirklich zufrieden mit dem Stand der Dinge. Was ihr fehlte, war ein Geständnis von Brigitte Burmester.

„Hast du schon die Zeitung gelesen?", fragte Dirk, *„Waldi als Sonnenkönig der Justiz."*

„Das ist mir egal", erwiderte Klara, *„egal hingegen ist mir nicht, dass wir kein Geständnis von Brigitte Burmester haben."*

115

„Vielleicht war sie es ja auch nicht, und der Pastor steckt dahinter."

Klara sah ihren jungen Kollegen böse an.

„Red keinen Mist, Heiko; natürlich war sie es."

Heiko erschrak ob der heftigen Reaktion von Klara und versuchte einzulenken.

„Vielleicht solltest du sie noch einmal in die Mangel nehmen."

„Genau das werde ich tun. Bring sie her, Heiko!"

*****

Befragung von Brigitte Burmester:

„Befragung von Brigitte Burmester. Anwesend sind die zu Befragende, sowie KHK Ludkowitz und KK Stoever."

KHK Ludkowitz:
„Hallo, Brigitte!
Die Sache mit Lars ist dumm gelaufen für Sie. Was für ein Arschloch. Erst hängt er Emma Klein hin und dann sie…"

Klara macht eine Pause und lässt ihre Worte wirken. Heiko sitzt neben Klara und wundert sich gerade, dass Klara ein vulgäres Wort verwendet hat, das ihr bisher nie über die Lippen gekommen ist.

Brigitte Burmester:
„Was meinen Sie damit?"

KHK Ludkowitz:
„Mir scheint, Sie wissen es noch gar nicht."

Klara tut überrascht und Brigitte Burmester beißt prompt an.

Brigitte Burmester:
„Was weiß ich nicht?"

KHK Ludkowitz:
„Der gute Herr Pastor Helmstädter hat zuerst seine Haushälterin beschuldigt, seine Ehefrau erschossen zu haben; aber das konnten wir widerlegen.
Er war ganz eindeutig der Täter.
Dann hat er aber behauptet, dass alles Ihre Idee war. Sie hätten ihn auf die Idee gebracht, seine Frau zu ermorden, weil Sie gierig auf die Lebensversicherung gewesen wären.
Und der Plan, Ihren Mann mit dem Insulin zu töten, wäre auch Ihre Idee gewesen."

Brigitte Burmester gerät in Rage.

Brigitte Burmester:
„Das ist alles Lüge. Dieses Schwein hat alles geplant. Er hat mir die große Liebe vorgespielt und ich dumme Kuh habe ihm geglaubt."

KHK Ludkowitz:

„Sie sind nicht die erste Frau, die aus Liebe zu einem Mann Dinge tut, die sie eigentlich gar nicht will. Und Sie werden auch nicht die Letzte sein, Brigitte. Ich kenne das sehr gut..."

Heiko schmilzt dahin. Er darf wieder einmal Zeuge höchster, kriminalistischer Befragungskunst sein. Klara nistet sich im Gehirn der Befragten ein, ohne dass diese es bemerkt.

KHK Ludkowitz:

„Wollen sie, dass dieses Schwein damit durchkommt? Soll zu dem Mord, den Sie an Ihrem Ehemann begangen haben, auch noch Anstiftung zum Mord an Gerda Helmstädter dazukommen?"

Brigitte Burmester schaut Klara eindringlich an. Sie steht vor einer schwierigen Entscheidung. Dann geschieht etwas Unglaubliches. Brigitte Burmester sieht in KHK Ludkowitz nicht mehr die Gegnerin, sondern eine Verbündete gegen Lars Helmstädter.

Brigitte Burmester:

„Was muss ich tun, damit Lars die volle Strafe bekommt?"

Klara wiegt ihren Kopf hin und her.

KHK Ludkowitz:

„Ich habe einen guten Draht zu Oberstaatsanwalt, Dr. Waldenberger. Wenn ich dem glaubhaft machen kann, dass Sie Ihre Tat bereuen, und dass Sie nur dem Ruf Ihres Herzens gefolgt sind, dann wird er die

118

Schuld am Tod von Helga Helmstädter allein deren Ehemann zusprechen.
Es liegt ja auch in der Natur eines Pfarrers, dass er Menschen gut manipulieren kann. Das tut er ja schließlich auch, wenn er auf seiner Kanzel steht. "

Heiko zuckt zusammen, als er das hört. Er ist zwar katholisch, aber ein treuer Kirchgänger, und das mit dem „manipulieren" geht im gerade etwas zu weit. Aber als er wenig später das Ergebnis miterlebt, das seine Chefin damit aus Brigitte Burmester herausgekitzelt hat, erteilt er Klara die Absolution.

Brigitte Burmester:
„Dann machen wir das so. "

Und dann legt Brigitte Burmester ein umfassendes Geständnis ab:

Brigitte Burmester:
„Als ich meinen Mann geheiratet habe, war ich noch blutjung. Er hat mir das Blaue vom Himmel versprochen; aber das einzig Blaue, das ich bekommen habe, war ab und zu ein blaues Auge.

Irgendwann habe ich dann Lars kennengelernt. Ich habe mich sofort in ihn verliebt. Wir waren wie füreinander geschaffen; zumindest glaubte ich das.

Seine Ehe mit Gerda war die Hölle. So hat er es mir erzählt. Aus unserem gemeinsamen Schicksal entstand schon sehr bald der Wunsch, miteinander durchzubrennen.

Das nötige Startkapital wollten wir durch die Lebensversicherung besorgen.

Lars hat alles geplant. Er sollte Gerda ermorden und ich Helmut. Dadurch wären wir auf ewig miteinander verbunden.

Es war ganz einfach. Ich habe Helmut zuerst mit Temazepam willenlos gemacht, und ihm danach eine ordentliche Portion Insulin verabreicht. Ich habe es genossen. Es war die Strafe für die vielen Misshandlungen, die ich während meiner Ehe erdulden musste.

Lars hat mir dann mit der Entsorgung der Leiche geholfen."

KHK Ludkowitz:
"Und wie hat Lars Helmstädter seine Frau ermordet? Hat er mit Ihnen darüber geredet?"

Brigitte Burmester:
"Nicht wirklich.
Ich weiß nur, dass er zuerst mit einer Waffe aus seiner Bundeswehrzeit auf Gerda geschossen hat, und dass seine Haushälterin dann auf ihn geschossen hat. Das war alles so abgesprochen.

Die blöde Kuh hat wirklich geglaubt, Lars würde sie lieben."

Brigitte Burmester:
"Bereuen Sie, was Sie getan haben, Brigitte?"

Brigitte Burmester:
„Dass ich Helmut ermordet habe, bereue ich nicht. Er hat es verdient.

Was ich jedoch wirklich bereue, ist, dass ich auf Lars hereingefallen bin. Er ist der Teufel in Menschengestalt.

Wie es aussieht, habe ich bei Männern wohl kein gutes Händchen..."

*****

Das Geständnis von Brigitte Burmester, in Verbindung mit ihrem Vorleben, brachte ihr sieben Jahre Gefängnis ein, weil der Staatsanwalt sich auf Totschlag herunterhandeln ließ.

Lars Helmstädter bekam lebenslang mit anschließender Sicherungsverwahrung. Er sprach kein einziges Wort und ließ alles willenlos geschehen.

Emma Klein fiel während der Verhandlung von einem Weinkrampf in den nächsten. Sie riss sich förmlich die Seele aus ihrer Brust und zeigte glaubhafte Reue. Sie bekam zwei Jahre wegen schwerer Körperverletzung...

*****

Nachtrag:

Pastor Lars Helmstädter hätte sich doch einfach nur scheiden lassen können…

Aber dann wäre er nicht an das Geld der Versicherung herangekommen…

Schwierig, schwierig, schwierig…

Und dann ist da ja noch dieses Bibelwort *„was Gott zusammengefügt hat, soll der Mensch nicht scheiden"*[9] im Wege.

Allerdings ist in der Bibel ja nicht die Scheidung auf brachiale Art gemeint, sondern der Weg zum Scheidungsrichter.

Es wirft sich jedoch die Frage auf, inwieweit Gott darauf Einfluss nehmen wolle, wer sich mit wem zusammenfügt? Wurde der Mensch von der Schöpfung nicht mit einem freien Willen ausgestattet?

Schwierig, schwierig, schwierig…

Aber wie so vieles, was im Buch der Bücher steht, ist und bleibt das Auslegungssache.

Man weiß ja nie, ob es nicht vor über 2000 Jahren auch schon „Fake News" gegeben hat.

---

[9] *Markus 10,1-12 und Matthäus 19,1-12*

Es ist ja hinlänglich bekannt, dass im Laufe der Zeit immer wieder einmal „Anpassungen" vorgenommen worden sind.

Vielleicht könnte man ja bei der Trauung diesen kryptischen Satz umwandeln in:

„Was „Mutter Kirche" zusammengefügt hat, soll der Mensch nicht scheiden…"

Oder man lässt diese fragwürdige „Eheklausel" einfach ganz weg. Das wäre doch auch eine Möglichkeit…

Gut; wirklich ändern würde das ja auch nichts…

In diesem Sinne:

„Chacun à son goût!"[10]

*****

---

[10] *Jeder, wie er glaubt*